梅里克家族

上 流 社 会

（美）弗兰克·鲍姆　著

郑榕玲　译

图书在版编目（CIP）数据

上流社会 / (美) 鲍姆著；郑榕玲译.
—北京：企业管理出版社，2015.12

ISBN 978-7-5164-1170-4

Ⅰ.①上… Ⅱ.①鲍… ②郑… Ⅲ.①儿童文学—长

篇小说—美国—近代 Ⅳ.①I712.84

中国版本图书馆CIP数据核字(2015)第313110号

书　　名：上流社会
作　　者：弗兰克·鲍姆
译　　者：郑榕玲
责任编辑：韩天放　尤　颖
书　　号：ISBN 978-7-5164-1170-4
出版发行：企业管理出版社
地　　址：北京市海淀区紫竹院南路17号
邮　　编：100048
网　　址：http://www.emph.cn
电　　话：总编室（010）68701719　发行部（010）68414644
　　　　　编辑部（010）68701292
电子信箱：80147@sina.com
印　　刷：北京宝昌彩色印刷有限公司
经　　销：新华书店
规　　格：145毫米×210毫米　　32开本　5.25印张　118千字
版　　次：2016年3月第1版　　2016年3月第1次印刷
定　　价：24.00 元

目　录

第一章　约翰的责任

"约翰·梅里克！你根本没对她们尽责！"

这位叫约翰的绅士被面有愠色的弟媳指责着。他一言不发地坐着，边思考边看着地毯上的花纹，既没惊愕，也不生气。他的弟媳梅里克太太是位中年女性，脸颊粉扑扑的，穿着精致的晨袍。她望着对面胖乎乎的小个子绅士，眉头紧锁，一想到自己仔细按摩过的脸，就用戴着戒指的手抚平额头，生怕皱眉会留下可怕的皱纹，并郁闷地哀叹一声。

梅里克太太说："若还让你的侄女和外甥女活在贫困冷漠中，这不要紧，她们会跟成千上万的女孩一样，为了活得体面而努力奋斗，即使社会地位很低，也会努力攀到更高。可你扰乱了一切。你从荒芜的西部原野中回来，带着一大笔财富，突然走进她们的生活，说要成为她们的特殊保护人。结果呢？"

小个子绅士抬头望着弟媳，露出和善的微笑，一双灰色的眼睛目光诚恳，像个顽皮学生一样。他轻轻搓着手，表情似乎很愉悦。

他问："嗯？亲爱的玛莎，结果是什么？"

"你将卑微的她们培养成女王般的姑娘，认识她们的人都感到妒忌。你为她们砸了很多钱。她们不仅会成为你的继承人，现在就开始经济独立了。啊，约翰·梅里克，你觉得你够慷慨了，对吧？"

"继续，玛莎，继续说。"

"你带她们仨出国，其中一个是我女儿，你却把我留在家里！你领她们上山玩、到海边玩，鼓励她们参加不合适的选举活动，支持年轻的笨蛋肯尼斯·福布斯，还有……"

"啊，玛莎呀玛莎！请说重点，我要走了！"

"你听懂了才能走。你给了她们所有优越的条件，除了一样。忽视了它，你对她们的付出就会前功尽弃。"

这下约翰真是为难了，他摸摸光秃秃的头，似乎要调动所有思绪驱散疑惑。

他轻声问："那是什么？我忽视了什么？"

"给她们适当的社会名声。"

他有些惊讶地笑笑，然后就严肃起来。

他说："哼！你真荒唐，玛莎，她们没输给其他女孩！她们很受尊敬，还……"

"先生，我说的是上——流——社——会。"梅里克太太一字一顿夸张地说。

"玛莎，有钱就是上流人士吧？"

"唉，不是！你太无知了。纽约有个讲究的、小众的贵族社交圈，你知道吗？花几百万都未必能进去。"

"是吗？那我就帮不上忙了。"

"你可以，约翰。"

"嗯？你不是说……"

"听着，约翰，我只说一次。这关乎我女儿露易丝的幸福，也关乎贝丝和帕特丽夏的幸福。你的侄女和外甥女都很迷人，加上你给她们的优势，她们也许能成为社会名流。"

"呃——她们这样会更幸福吗？"

"当然了。女人都渴望优越的社会声望，越难得到越渴望。对女孩而言，最有价值的是被出色的社交圈接纳，而纽约的上流社交圈是美国最顶尖的。"

"我担心她们不被接纳，玛莎。"

"要是你尽责了就没问题，约翰。"

"你倒提醒我了，你说的责任到底是什么？别让我猜谜了。"约翰很不自在地挪挪身体。

"我解释一下。这大都市本就不缺富豪，可身为百万富翁的你依然很有名。在城里或俱乐部里，有些人有上流社交圈的入场券，你一定认识他们。你或许能游说一下，让他们引荐我们的三位姑娘，如此一来，三位姑娘就能顺利进入上流社会了。"

"胡说！"

"不全是胡说！"

"只能怪我真不懂你的意图所在。"

"你真愚钝。"

"还没弄懂何为'愚钝'之前，我不会同意你的建议。听着，玛莎，你说三位姑娘非常渴望社会地位，这是买不来的。她们从未提起这些，你却催我去买下这些地位。哼！你真是个虚妄的女人，你的狂妄野心超过了理智。"

梅里克太太叹了口气，继续坚持自己的立场。

"我没让你'用钱去收买他们'，不是这意思，约翰。那是叫，呃……呃……'影响'他们，或者叫……"

"'拉拢'，这个词更准确，玛莎。'拉拢'来的社会地位有价值吗？"

"当然有！不是生来就拥有的，只能通过某些手段获得。其实，露易丝有资格成为名流，因为我家族的关系……"

他打断说："哼！我知道，玛莎，你家里人就是一帮彻头彻尾的骗子。"

"约翰·梅里克！"

"你别激动，我说的是事实，我认识你家的人。梅里克家能用来吹牛的跟你家差不多。我们家从不贪心，也不渴望像名流那样生活。我想起小时候的一位表兄，他曾在单词拼写比赛里夺冠，我们可为他骄傲了。可他后来沾沾自喜，走错了路，只当了个图书代理商，真可怜！玛莎，你说的都是空话，你是在向我发泄。并不是我的侄女和外甥女要成为名流，只是你想让她们变成名流，都是你的野心，我敢打赌。"

"约翰，你总是误解我。我只是敦促你办一件公正合理的事。她们那么可爱，在生活的方方面面都应该尽显光芒。"梅里克太太巧妙利用约翰的软肋，她继续说，"我们几位姑娘年轻，有教养，还很富有，她们理应获得那样的社会地位。冬天快到了，人们会从郊外回到城里。很快，名流就会举办很多欢庆活动和著名的社交活动，我们几位姑娘理应参加这些活动，不是吗？她们不该享受最好的生活吗？若你尽责了，她们怎么就不能进入上流社会？只要能得到引荐，她们就能轻松地坚持下去。相信我，约翰，帮她们实现抱负吧。"

他疑惑地问："可这真是她们的抱负吗？"

"她们还没开口说是，可我敢肯定就是如此，因为她们都是这个时代的女性，明智、有活力、年轻，与你五十年前认识的女性不一样了。"

约翰叹了叹气，揉揉手掌，然后慢慢起身。

他心不在焉地对弟媳点点头说："祝你有个愉快的早晨，玛莎。你说的我从未想过，但我会考虑考虑的。"

第二章 〝拉拢〞

　　进城时，约翰看起来不像往常那样愉快。他疼爱三位姑娘，梅里克太太却认为他没有为她们尽责，这让他耿耿于怀。

　　他知道肤浅的弟媳追求名利，她的抱负都微不足道。可他担心这次也许她是对的。约翰怎么能了解上流社会呢？这个可怜人出身卑微，在还未开发的荒芜西部闯荡几十年，积累了一笔财富后退休，回到"文明社会"，找回一位可爱的侄女和两位可爱的外甥女，对他而言这是最好的退休奖励。三位姑娘那时穷得叮当响[1]，可她们有个性，勇于拼搏，难怪约翰那么宠爱她们，对她们格外赞赏。他弟媳列举了她们已有的优势，这都是他的财富带给她们的。可梅里克太太并没想到，他为她们的幸福到底付出了多少。更想不到的是，诚恳慈爱的约翰讨厌她的指责，这是对约翰莫大的讽刺。

　　约翰家财万贯，可他天生的朴素品质并没改变。他没有奢侈的消费习惯，穿着简单，跟普通人一样生活。这位绅士今天早上很忙碌，先是乘车穿过小镇到达高架车站，然后搭乘开往城里的火车。他坐下来，拿出备忘录，看看日程安排。下午他有三个活动，中午十二点约了冯·塔尔见面。

　　"呃——冯·塔尔。"

　　他凝视窗外，若有所思。大概一个月前，他与一位知名银行家有过一次交谈。银行家说："冯·塔尔是位贵族，拥有一笔财富，一直经营着经纪业务，那是从他父亲、祖父那里继承的。从道德层面讲，我觉得他这样的人没权利继续做这样的生意，他应该退休，给其他人一个机会。"

约翰问："为什么叫他贵族？"

"因为他的家族比诺亚方舟[2]还古老，诺亚造船的木材可能就是他祖先提供的。纽约上流社会的'四百人'小圈子[3]都要对他唯命是从。"

约翰说："我觉得，要是他想当经纪人，他就有权利去当。"

"权利？他当然有。梅里克先生，我私下跟你说，经纪这行变数大，但这位社交名人能力不足。众所周知，他会做些没保证的事。他没有败光家族财产已经是个奇迹了。他没有远见，是运气救了他。"

这次交谈似乎是个预示。后来几天，那位贵族经纪人就遇到财务困难，不得不向约翰求助。他们共同认识一位朋友，朋友向冯·塔尔介绍过约翰。冯·塔尔当然能解决财务困难，因为他拥有大笔财富。但除非有人此时帮他一把，否则他将损失严重，势力可能也会被严重挫伤。

约翰对此估量了一番。他下车时看看表，还不到十一点，一小时后才与冯·塔尔见面。但他决定不等了，轻快地径直走到冯·塔尔的办公室，到达后就马上被领进私人内室。

赫德里克·冯·塔尔长相端正，身材高大，为人严肃，举止高贵，彬彬有礼。他站着，等客人坐下后他才坐下，然后敬重地示意让客人先发话。

约翰用平淡、讲求实际的口吻说："我决定借款给你，冯·塔尔。三十万，对吧？今天下午到我办公室找道尔少校，他会为你安排的。"

经纪人露出一脸轻松。

"先生，你真和善，"冯·塔尔说，"我对你的慷慨深为感激。"

约翰轻快地说："我很乐意帮你……"他想起要向对方提一个困难的要求，却又突然停下了。冯·塔尔用冰冷、探询的目光盯着他。约翰有意回避，他抽出雪茄，慢慢剪掉它的末端，对方递上火柴。他抽着烟，沉默了一会儿。

约翰终于开口说："先生，这笔贷款我免费借给你，不带附加条件，你不要以为我需要回报。不过，希望你能帮我一个忙。"

冯·塔尔点点头。

他说："梅里克先生如此慷慨待我，我当荣幸地回报你。"可他的眼神有些不安。

约翰解释："我有一位侄女和两位外甥女，她们是我的继承人。冯·塔尔，我敢保证，她们都是有涵养、年轻、可爱的好姑娘，经济独立，受过教育。"

冯·塔尔说："梅里克先生，我相信你。"通常面无表情的他露出疑惑的神色。约翰的要求和三个姑娘有何联系？

"冯·塔尔，你有女儿吗？"

"我唯一的孩子就是个女儿，先生。"

"已经长大成人了？"

"她现在是位年轻的小姐，先生。"

"那你应该能理解我。我没受过多少教育，最多只能进入第五大道[4]的社交圈，我的财富让我有一定的商业地位，但我没什么社会地位。无论如何，我都进不去你们的'四百人'圈子。"

冯·塔尔露出浅浅的微笑，可他又克制住自己。

"可我听说，"约翰说，"你的家族早已跻身社会顶端了，你们就像堡垒上的炮台，把守要进入那个社交圈的大门。"

冯·塔尔只是点点头，没有表示认同或反对。约翰有点恼怒，因为凡是头脑清醒的人都会明白约翰的意思，他的合作伙伴却态度暧昧。于是他不再拐弯抹角，像平常那样直接挑明。

他说："我希望我家三位姑娘能进入最好的、最出类拔萃的社交圈。她们都很优秀，长得漂亮，举止端庄，她们有资格得到最好的。我自己不想掺和到你们圈子中，因为我不合适，就像我的穿衣品味与你们的不相符，请原谅我这么说。可女性就不同了，只有像闪亮的星星那样瞩目，她们才会真正感到幸福。她们想挤进的，是冠冕堂皇又特别小众的圈子。人的本性如此——应该说女人本性如此。冯·塔尔，你懂我的意思吧？"

"我懂，梅里克先生。可我不知该如何帮她们实现愿望。"

"那我还是走吧，你可以忘掉我刚才说的。"约翰起身，拿起桌上的帽子，"我太愚蠢了，想要帮她们得到钱也买不来的玩意儿，这是我不会表达的愚蠢念头。"

冯·塔尔静静地凝视着客人的脸。那简单、真诚的自我回绝很特别，让这位重要的百万富翁赢得了冯·塔尔的尊重，超过了他对其他人的尊重。经纪人态度变了，他严肃的目光变得柔和了。有那么一瞬间，他又露出浅浅的微笑。

他请求说："请再坐坐，梅里克先生。"约翰十分不情愿地坐回原位。"你也许不太了解纽约的社会阶层，我想解释一下我刚才的话。首先，所谓的'四百人'圈子或许存在，可它肯定不是特殊的团体或联盟。你只能把它当成比喻，以说明最高级的社交圈子的确只有少数人才能进。再者，根本没有支配他人的'社会领袖'，由某个集体派系支配其他阶层，这并非所有社会阶层都认同的。这些派系团体存在原因各不相同，它们总体上互相交好，但真正的团结仅限于它们内部。一部分人因为家族偏好聚集起来，另一部分因古老的门第关系聚集起来。既有追求时尚的圈子，也有喜好运动的圈子、喜好文学的圈子，有贵族的圈子，有变化极快的圈子，还有很浮夸的圈子。它们也许都宣称，在圈子设立成员纳入资格的标准是合理的。因为必须要有这样的标准，所以它们某程度上都很排外。每个耀眼的圈子外都有大批人急于进入，急于获得认可，通常很难区分圈子的创始成员和非创始成员，即使那些最有经验的也难以区分。我这样说，难理解吗？"

"有点难理解，冯·塔尔先生。我不明白，为何有人会浪费时间做这样的闲事？"

"对于很多人来说，这是合理的；有些人则因为目标不理智才做蠢事。社交生活有种魅力吸引大部分的人。我们可以将社会比作四面峭立、难以攀登的高山。要登上万众瞩目的顶峰，这明显是所有人与生俱来的欲望，因为人都希望自己与众不同。在攀登高峰的路上，有很多人倒下了；有些人距离峰顶还很远，却欺骗自己已经到达目的地了。这是游戏，梅里克先生，与商业、政治、战争一样，只是场游戏，只有少数人能赢。"

约翰沉思道："没想到你会说这样的人生哲理。人们告诉我，你是站在顶峰的那些人，你生来就如此，根本不需努力攀爬。听你说完，我觉得你更多是在责备尝试登顶的人，他们想要的显赫是你不费劲就得来的。不过，要是没有他们，你的地位还不如一顶棉帽有价值。"

冯·塔尔一副心不在焉的样子，他没有回应客人的批评，可能他根本没在听。最后他说："梅里克先生，你允许我的女儿拜访你的三位姑娘吗？"

"当然可以，先生。"

"那请留下她们的地址吧。"

约翰在纸条上写下三位姑娘的地址。

"先生，刚才你让我帮忙的建议，请你收回吧。你已帮了我，无论日后我事业如何，我都欣然接受。若我成功了，对你我都有绝大的益处，我保证。"

约翰离开冯·塔尔的办公室。他感觉自己被贬低了，非常恼火。任何时候他都讨厌向人求助，现在他竟要恳求那位冷漠贵族的怜悯，还被断然回绝了。

可他这么做是为了挚爱的侄女和外甥女。她们永远不会知道，这次不愉快的面谈让他受了多大的屈辱。

注释：

[1] 此处原文形容约翰·梅里克的三个侄女穷得跟"约伯的火鸡"一样（"all 'as poor as Job's turkey'"），约伯是《圣经》里的一个人物，非常贫穷，约伯的火鸡连羽毛都没有，这个美国南方的俗语形容一个人极度贫穷。

[2] "诺亚方舟"（Noah's ark）是《圣经》中的故事。相传上帝要通过一场大洪灾消灭世上的恶人。诺亚根据上帝指示，造了一艘船，让他与家人以及世界上一些动物登船躲过洪灾。

[3] "四百人"小圈子指的是19世纪美国纽约市上流社会中以艾斯特家族（The Astors）为核心的社交圈子。艾斯特家有个能容纳400人的舞厅，该家族其中一员的妻子卡洛琳·艾斯特是当时的社交名人，她每次举办舞会都会从一张记着当时社会名人的名单中抽取参加者，这张名单含有400人的名字。"四百人"小圈子由此而来。

[4] 第五大道（The Fifth Avenue）是目前美国纽约市曼哈顿一条重要的高级商业街区，在19世纪是纽约名媛绅士聚集的场所。

第三章 黛安娜

黛安娜·冯·塔尔不能归入某类典型女孩，她是个特例。不同于其他贵族，她从头到脚都散发着贵族气息。她是公认的社交女王。她没什么追求，也不在乎是否有追求。她出身古老的家族，善于交际，是所谓"生而为王"的人。可这些都不是她最独特的地方。

二十三岁的黛安娜看起来只有十八岁，长得很高挑，身材苗条，外形姣好精致，气质高贵。她从来都不会冒冒失失的，声音语调总是平淡温柔。从椅子或沙发上起来时，她动作轻柔，像伸展躯体的蛇。

眼光刁钻的人会觉得她的容貌不那么好看。她的脸有点长，稍宽的鼻子不够精致，双唇较薄，显得拘谨。那双黑眼睛要是再大一点就会很漂亮。她的双眼眯成细缝，被卷曲的长睫毛掩盖一半，目光冰冷、警惕而专注，有一丝神秘和令人不安的魅力。

可她依然是个娇柔的女孩。如果你克制自己，不去看那令人不安的双眸——朋友都会躲避她的目光——黛安娜会给你留下优雅、秀丽和举止可爱的深刻印象。她挑裙子的品味也是一绝。她能与你聊很多的话题。不论晚上多晚睡觉，她都习惯早上十点起床，午餐前都在读书，午餐后进行社交应酬。

在黛安娜下午的空闲时段里，一些年轻男子会礼貌地来拜访她，他们都有一定的社会地位，且符合她的见客标准。他们会跟黛安娜"闲聊"，对她态度敬重。除非他们真想对她表达爱慕之意，否则绝不会产生与她"打情骂俏"的念头，就像他们不会与古罗马的黛安娜女神"打情骂俏"一样。她举办的晚宴和娱乐活动都很成功。她很受人尊敬，却没有几个知己好友。

几年前，黛安娜母亲去世了。她的一位姨母，即卡梅伦太太，搬来与她同住，也成了她的社交聚会监护人。她姨母是位不太热情的胖女士，总是安安静静的，也不爱表现自己。她的身份很重要，可她总被冯·塔尔家的人忽略。幸好她从不勉强他人接受自己。

赫德里克·冯·塔尔非常疼爱女儿，或许全世界只有他能完全理解黛安娜，欣赏黛安娜的才能。黛安娜有时会令他很惊讶，但这只会让他更赞赏女儿。黛安娜则会平和、温柔地尊重她父亲。

晚饭后，父女两人常会在客厅角落里交谈一个小时。父亲灰色的双眼目光冷峻，女儿半遮掩的双眼目光专注，两人对视，父亲定能理解女儿的心思。他们聊得很多，包括冯·塔尔的生意。黛安娜知道父亲所有的秘密。绝望的财政状况把他逼到"死角"，差点压垮他。她对此一点也不慌，倒是劝父亲向百万富翁约翰求助。她和父亲一样熟悉这怪人的名字和名气。

冯·塔尔回家后与女儿说起与约翰的会晤。他得救了。幸亏有约翰，他的银行账户现在多了三十万美元，能轻易应对财政困难了，甚至还能盈利。他半开玩笑地告诉女儿，那位富翁请求让他的侄女和外甥女融入上流社会。

黛安娜笑笑，只有嘴唇动了，她的眼睛从不会笑。她看看写有三个地址的纸条，陷入沉思。

"父亲，这请求真奇怪，"她轻柔平淡地说，"但我们不能委婉拒绝，因为……"

"对，黛安娜。"

"因为她们虽初出茅庐，但不完全等于不行。"

"我发现，"她父亲说了，"约翰·梅里克在城里势力很强，他这次帮忙，兴许下次还能帮。我可以借此机会赢取他的信任。他很富裕，却是个极普通的人，那三位姑娘也可能资质一般。若她们进入上流社会是不可能的事，你就别屈尊介绍她们进我们的圈子。"

黛安娜说："父亲，我不确定。"她可爱地耸耸肩。"我的地位很稳固，你说的错误对我没有威胁。我也许能无风险地引荐她们，但我不能承诺太多。等初次登场后，她们会继续站着还是跌倒，那就得看她们的造化了。"

她父亲严肃地说："可冯·塔尔家从没试过这样做。"

"你指的是将梅里克的地位商业化？亲爱的父亲，当下一切都在迅速商业化。相对而言，我们的圈子尚未受到'新代富翁'沾染。上一代人以前，圈外人必须被驱逐。可现在，我们内部也要尝试用金钱粉饰'圈外人的冒犯'。"

他点点头。

"你说得对，黛安娜。"

"我的生活也有些无趣，鱼翅吃多了也会腻。我决定要冒一次险，我已经嗅到其中的乐趣了。只要你同意，我就去拜访那三位姑娘，很快就能定下她们的前程了。只要她们不是格外奇怪，我会成为她们的特殊社交赞助人。"

冯·塔尔轻叹："你决定吧，黛安娜，若最后有特别挑剔的人责备她们……"

黛安娜轻声打断说："不要紧的。"她黑色的双眼都眯成头发丝那么细了。"责备她们就是责备我黛安娜·冯·塔尔，那些人得让出自己的社交位置。为防止发生这样小几率的意外，得让强大的约翰·梅里克永远为我们所用。他在财务问题上态度强硬严厉，可我们已知悉他的软肋——他的三位姑娘，为帮她们进入上流社会，他什么都会答应的。我们要好好利用他的弱点。那三十万美元贷款只是他的诱饵，这位富翁还真会估算！"

　　冯·塔尔有点生气。"带上你的外套吧。马车在等候，我们要参加多德林汉姆太太的聚会了。"

第四章　三位女主角

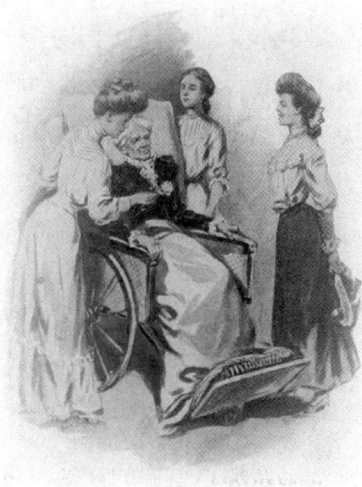

冯·塔尔家不喜欢汽车。在一些社交圈里，双驾马车仍被视作贵族交通工具，这传统可不能轻易被时尚和新奇的事物取代。

黛安娜在典雅的漂亮马车里查看备忘录。露易丝·梅里克是她要找的其中一人，目前离她最近。她很快就到了露易丝家气派的住宅前，发现四周的邻居都是体面人家。

威严的男管家领她到接待室，递送她的访问卡。这让善于观察的黛安娜不禁松了口气。

黛安娜挑剔地四处查看，鼻子仰得高高的。室内装潢糟透了，新旧物件摆在一起，旧物件明显是从古董商那里弄来的。这些花了大笔钱装潢，却买不来一点好品味。她对房子的评估很准确，要弄清这背后的原因，得了解一下玛莎·梅里克太太。

约翰只有一个弟弟，玛莎是约翰弟弟的遗孀。她头脑简单，野心却不小。她只有一个孩子，丈夫死后便与女儿相依为命。她想了无数方法，利用微薄的收入让家里保持亮丽。她决定将亡夫人身保险留下的钱平均分成三份，足够挥霍三年，让别人以为她很富有。三年后女儿就二十岁了，女儿到时候定能觅得有钱夫婿，顺利结婚。她"牺牲"那么多，女儿定能让她有个舒适的余生。

她向女儿吐露这个庸俗的办法，那时露易丝只有十七岁，思想还未成熟，很快就接受了母亲这愚蠢的"追求"。露易丝原本从父亲那里继承了优雅、亲切、惹人怜爱的气质。她丝毫不同情母亲那不道德的计划。可她那么年轻，极易受人摆布。在母亲的影响下，她变得精明、狡猾和惯于欺诈，真是可怜。

这些性格是后天形成的，本性天真的她还是打破了母亲的精心安排——她早就与一位年轻人相恋，这位年轻人不是母亲的理想女婿，因为他被自己父亲剥夺了继承权。露易丝忽略了这一点，她为爱情奋不顾身，也许会毫不犹豫牺牲母亲的一切努力。但约翰改写了这可怕的结局。他改变了弟媳和侄女的人生计划，改善了她们的处境，改变了鲁莽的露易丝。

约翰不喜欢他的弟媳，可他从心底里喜爱迷人的侄女。他知道侄女犯过错，可他更喜欢她那些可爱的品质。约翰巧妙地引导侄女，她很快就自我改正，她的善良本性击退了后天形成的恶习。可她并不完美，有时她会矫揉造作、故作神秘，还会轻率地与人打情骂俏，但她的大伯和表妹都知道，这样的她并无恶意。他们忍耐她的反复无常，努力让她慢慢做回善良的自己。

露易丝母亲教她要精明，这在某种程度上对她影响最大。露易丝外表秀丽可爱，举止端庄迷人。她的沉着冷静最令人赞赏，普通朋友很快就会喜欢上她。她为人诚挚，除了与那位年轻人交往的大胆之举，她一直都颇受赞赏。

让宝贝女儿悄悄混进纽约的上流社会，如此"绝妙"的点子当然是梅里克太太想到的。露易丝很满意目前的生活，可她母亲并不满意。变得富有消除了她们心中全部的忧虑和负担，但只会让梅里克太太野心膨胀。

慷慨大方的约翰给三位姑娘各自一笔丰厚的财富。"希望她们在该享受的年龄得到最好的享受，"他说，"老了以后就没多少时间享受了，这是我的经验所得。"他坦白地告诉三位姑娘，她们将共同但非平等地继承他的全部财产。露易丝前途如此光明，梅里克太太还是不满足。由始至终，她为露易丝做的安排都出自私心。她要女儿进入上流社会，是想借露易丝获得的名气沾沾光，继而得意地变成为上流社会的尊贵夫人。深思熟虑过后，为达成目的，她决定要利用约翰。她深知约翰不会偏爱谁，干脆利用他的势力让三人都顺利得到名人引荐。看到黛安娜的访问卡时，梅里克太太特别兴奋愉悦，因为"高贵的冯·塔尔小姐"正在她的接待室里。她匆忙跑去找她女儿。露易丝全然不知这是母亲的诡计，只是惊讶地睁大她那双蓝眼睛，倒吸一口气说："啊！母亲！我该怎么办？"

"怎么办？当然是高兴地去接见客人！这是你的机会，宝贝，人生的最好时机！快去！哎呀，别让客人久等！"

露易丝下楼，用最友善最亲切的态度接见客人，她说："冯·塔尔小姐到访，我真是荣幸。很高兴见到你。"

黛安娜恰如其分地做出回应。她对露易丝的外表和泰然自若感到满意。这个努力争取上流社会认可的姑娘像出水芙蓉，美丽又迷人，还很会说话。

"不错，"挑剔的客人心想，"她至少不会让我丢脸。若其他两个也是如此，那这次合作就会非常愉快。"

她离开前对露易丝说："我要在十九号办晚会，你能过来帮忙接待吗？亲爱的，既然我们已经是朋友了，我希望多与你见面，我有预感，我们能融洽相处。"

露易丝感到有点眩晕——要帮冯·塔尔小姐在晚会上接待朋友！一个小时前她都不敢想象如此荣耀的邀请。她压住这份激动心情，大方地接受了邀请。但她被红彤彤的脸颊出卖了，内心的激动表露无遗。黛安娜有洞察力的双眸掩藏在低垂的睫毛下，一眼就看穿了露易丝的心思，她喜欢让人感到不安。露易丝单纯质朴，还说日后也要举办盛大的晚会。

拜访结束，天才的黛安娜已从每个细节对露易丝评估了一番，包括露易丝的轻率言行和各种无聊举动。不论好歹，她知道露易丝也是有能力的，意志力还很强。她在想，这样的女孩是谁教出来的？

黛安娜纡尊降贵给露易丝恩惠，这让露易丝欣喜若狂。想到能进入令人羡慕的名流圈，她的心就跳个不停，邀请她的黛安娜还是圈里特别闪亮的明星。

第二位要出场是约翰的外甥女，伊丽莎白·德·格拉夫。她住在幽静住宅区的高级私人酒店。

人们通常叫伊丽莎白作"贝丝"。她不总住在酒店，在纽约时，她更习惯住在两位表姐家，露易丝她们也很欢迎她。她母亲刚从俄亥俄州的老家到纽约，她不便带着母亲打扰两位表姐，所以暂时住酒店，这对她母亲来说最适合不过了。一来，她母亲在克拉夫顿市[1]有些爱说长道短的朋友，她母亲回家后就能告诉那些朋友，自己下榻于纽约最"高级"的酒店；二来她非常爱吃这家酒店主厨做的菜，她奉行"为了美食而活，但不能为活着而吃饭"的享受原则。

德·格拉夫太太是约翰唯一健在的妹妹，可她的性格与质朴亲切的哥哥大不相同，思想也与才华横溢的女儿大相径庭。贝丝的父亲德·格拉夫教授可以说是"音乐天才"。在贝丝经济独立以前，她父亲教钢琴和歌唱养家。可现在她不需要父母挣钱了，专注音乐的父亲努力编写清唱剧和协奏曲[2]，也只有他会专注于这类音乐。坦白说，贝丝几乎不在乎庸俗自私的父母，他们也不怎么在乎女儿，却在乎她的钱带来的好处。家里持续的争吵快把贝丝弄疯了，所以在约翰与她相认后，她就搬出去住了。这次是她母亲一时性起，想在纽约过几周奢侈生活。如果你不了解她悲伤的家庭往事，根本无法想象她为满足母亲牺牲了多少。

古怪的道尔少校经常把三位姑娘叫"美惠三女神"[3]。贝丝是三人中公认最美丽的：一双褐色的明眸镶嵌在精致的脸上，无瑕的容貌和高贵的姿态让她分外惹人注目。幸好她没被宠坏，也不虚荣，因为她过分了解自己天生的缺点，不允许自己变得意志脆弱，不允许自己犯错。以同龄女孩为普通标准衡量贝丝，她所谓的缺点错误几乎可以忽略不计，可她仍怀疑和轻视自己，这就是她的特点。从很多事情都能看出她的真诚和坚定，她不会算计和欺诈他人，很坦率，一向直言不讳。大家都希望她多爱自己一点。两位表姐和约翰舅舅对她影响很大，让过分敏感的她学会多包容自己，少些过度克制。

贝丝应该知道黛安娜，因为黛安娜的照片常为纽约媒体的社交专栏增色。贝丝三人也算社会公众人物，有时也会悄悄讨论黛安娜和她的社交成绩，可贝丝从未想过有天会接见这位名媛，她对黛安娜的访问卡感到惊奇，连做引导的酒店差使也同样惊奇。

贝丝订的是酒店套房，尽量让骄奢逸乐的母亲多些享受。她对可怜的母亲很反感，为此她常责怪自己。黛安娜被领进漂亮的会客厅，贝丝静静地站着，等待客人。

沉默的两人互相打量着。贝丝直率地将对方从头到脚扫视一遍。黛安娜眯着双眼，敏锐地观察着美丽的贝丝，深藏不露的目光令人猜不透她的心思。

贝丝淡定地看看访问卡，"请坐，冯·塔尔小姐。"

黛安娜仿佛陷进椅子里的姿态非常优雅。这摇曳的身姿让贝丝轻轻颤了一下。

"亲爱的，很高兴见到你。"黛安娜轻柔地说，她的声音像是小猫发出的，"我早就盼着一次愉悦的拜访，也终于让我盼来了。"

贝丝讨厌如此矫情的开场白，轻轻皱了皱眉。黛安娜观察贝丝，她时刻都在观察。"你为何要来拜访？"贝丝坦白问道，"恕我无礼，我的身份恐怕不适合做小姐你的称心朋友。"黛安娜注意到贝丝的语气有些尖锐，两人产生了微妙的敌意。经验丰富的黛安娜嗅到了危险的气息，她的计划似乎受阻。贝丝与露易丝不同，与贝丝小姐打交道得更谨慎。

"亲爱的，你是约翰·梅里克的外甥女，"黛安娜声音甜美地说，"你的身份没问题。"

贝丝真的生气了。她沉下脸，这使她的美丽略减几分。黛安娜觉得不妥，马上盘算着应对办法。

"我在说社交身份，冯·塔尔小姐。我的家族是个诚实可靠的家族，可所谓的上流社会从来没接纳我们。"

黛安娜微微一笑，笑容像冰冷的小溪在十一月份泛起的涟漪，她是真心觉得有趣。她几乎紧闭双眼，让人猜不透她的心思。贝丝对客人很反感，但她努力摆脱这样的情绪。她想，冯·塔尔小姐，也许什么都不是。

黛安娜淡定地说："你舅舅很富有，你又是他的继承人，在汲汲营营的今天，人人都想要拥有你这样的社会地位。亲爱的，你的个人修养也很好，多少人在背后都说你是非常迷人、美丽又善良。谁说上流社会只接纳纯贵族、不接纳你这样的姑娘？若真是如此，还有谁有资格进这个圈子？"

贝丝不太在意这番甜言蜜语，可她清楚黛安娜分明在取悦自己。她觉得自己刚才太失礼了，态度也热忱起来。

"你的好意我心领了，冯·塔尔小姐，"她赶紧说，"我只觉得你我没什么共通点。"

黛安娜说："噢，亲爱的！你误会我了，也误会了你自己。"

贝丝问："你认识我的舅舅？"

"他是我父亲赫德里克·冯·塔尔的朋友。梅里克先生非常照顾我们，所以我希望与他的侄女和外甥女交个朋友。"

黛安娜的言辞似乎很坦白。贝丝态度变得更温和了，她在黛安娜对面坐下。

"老实说，"贝丝直言，"我并不喜欢上流社会的社交活动，我知道这是你的兴趣爱好，可于我而言，这类活动实在是很虚伪、无趣。"

黛安娜轻声说："从远处观望椰子的壳，是无从得知椰子汁的味道的。"

"没错，"贝丝说，"可我敲开过椰子壳，发现有些椰子的汁已变坏变酸。"

"有不同的椰子，也有不同的社交圈子。我敢保证，并非所有社交圈都是虚伪无趣的。"

贝丝说："它们可能更糟糕，我听说过那些狂欢聚会的奇怪流言了。"黛安娜被逗乐了，贝丝比露易丝有趣多了。她不习惯在自己的社交圈外交朋友，而且这样的上门拜访对她而言是很冒险的。贝丝这样爱憎分明的强势女孩，真让黛安娜恨透了，又正因为这样，黛安娜坚持要和她交朋友。

黛安娜以最亲切的语气说："那只是少数圈中人开的愚

蠢玩笑，千万别因此就对我们妄下定论。若我们不能树立礼貌典范，绝不能获得今日如此高的地位。你要考虑清楚，自己决定。"

"我？我的答案是不！"

"啊，别急，亲爱的。让我暂时领你进入我的圈子，等你看清它真实面目再决定吧。那时你也许会有更成熟的看法。"

"我不懂你的意思，冯·塔尔小姐。"

"那我直说吧。十九号晚我在家举办晚会，接待一些朋友，你愿意来吗？"贝丝糊涂了，不知该如何回答。她脑中突然闪过一个想法：也许约翰舅舅会希望她对朋友的女儿谦恭一点。于是，她接受了黛安娜的邀请。

"希望你能和我一起接待朋友。"黛安娜起身说，"我顺便向朋友介绍你。"

黛安娜肯放低姿态，贝丝觉得很奇怪，不过她还是同意了。但一想到自己完全屈从对方的意愿，贝丝就恼怒了，她讨厌黛安娜，跟她讨厌蛇一样。她觉得黛安娜虽是社交名媛，可她狡猾、会算计，还满嘴谎言。更糟糕的是，她很聪明，肯定是个危险人物，与她交朋友不会有好事。可她已经答应了参加十九号的正式社交晚会，并帮忙接待。

黛安娜离开酒店，有些疲惫。她在马车里想，是回家还是继续拜访第三位姑娘？第三位姑娘的家在威林广场，离这儿超过五分钟车程，黛安娜命令车夫前往威林广场。

"这次我真违背原则了。"她对自己说，"要培养没有经验的女孩比我想的难多了。尽管不是我最初想的那样毫无可能性，可她们实在不合传统，要在社交领域给她们做担保人实在很尴尬。分析一下两人，其中一人明显受我感染，另外一人是个固执貌美的笨女人，两人都没受过社交训练，不懂得如何掩藏真实情感。现在我来了，要帮她们显露头角。她们继续被遗忘，对她们而言，或对我而言，也许是更好的选择。唉，这次计划那么冒险，那么烦心，希望日后我能有些实质性的回报。生活似乎总是一潭死水，我需要一些波澜。约翰·梅里克的三位姑娘能否为我带来一些波澜呢？"

威林广场是个新住宅区，簇拥着高级公寓和房屋，其实只是它们的建造者和所有者将之唤作高级，未来的住户也会认为这是高级的。黛安娜至少认识两个住在威林广场的家庭。她对一排排"新得令人郁闷的庸俗建筑"发出苦笑声。她的马车停靠在广场，她却没有感到羞耻。

威林广场3708号是一幢高大舒适的公寓大楼，是帕特丽夏·道尔小姐名下的房产。黛安娜并不知道这一点。她按了道尔家的门铃，接着就上了二楼。

女仆接待了她，说道尔小姐"刚刚出去了"，不过还在大楼里。猜猜我们的客人会否愿意等几分钟呢？

她当然愿意。她坐在舒适的前厅里，从自己的位置望去，房间一个接一个，装饰都很有品味，风格朴素。"这位好多了，"黛安娜心想，"至少房子里没任何要炫耀的愚蠢装饰。希望道尔小姐是位理智优雅的姑娘。噢，她的名字是爱尔兰人的名字。"

黛安娜眼前的某间房里突然传出"砰"的关门声，有人激动的尖声喊道：

"我发现了宝宝！你好，亲爱的——我发现了宝宝！"

接着传来椅子往后推的声音，一个男人同样激动地说：

"帕琪，帕琪！肯定是楼上的小淘气！到这儿来，鲍比！快到约翰叔叔这里来！"

"不要，他是我的，是不是，亲爱的鲍比？"

接着传来婴儿欢乐的呀呀学语声，都是"咕"和"啊"，没一个完整的词。鲍比也许以为自己在说话，可大人都听不懂。

男人央求道："快，帕琪，把宝宝给我。""是我先找到的，他是我的，我大老远从楼上把他带来，你别碰他。约翰舅舅！"

"要公平一点，帕琪！鲍比是我的朋友，而且……"

"那他有一半属于你。来，手掌支在地上，跪下，像马一样。对了，就这样。鲍比，骑在约翰叔叔背上，牵着他的领带，对，就这样。舅舅，慢点——快学马儿叫！"

男人笑得呛着了，他含混不清地问："帕琪，马是怎么嘶叫的？"

"咴儿——咴儿——"

约翰学马儿叫，叫得一团糟，鲍比却高兴得大笑。

突然有人发出"嘘"的声音。那是女仆的声音，像是说有客人到访。帕琪压低嗓音说：

"天啊，玛丽！你怎么不早说？听着，约翰舅舅……"

"放开我的耳朵，鲍比——放开！"

"你看着宝宝，约翰舅舅，小心看管他。我有客人到访。"

黛安娜轻蔑地笑了笑，收拾收拾妆容，让自己看起来像刚赶来一样。她走向帕琪，灿烂地笑着伸出手来，一副真挚热情的模样。

帕琪说："抱歉让你久等了。"她面对客人坐下继续说："约翰舅舅和我正和楼上的宝宝玩呢——鲍比真是太可爱了！但我没听清玛丽说你叫什么，也忘了看访问卡。"

"我是冯·塔尔小姐。"

帕琪急切问道："该不会是著名社交名媛——黛安娜·冯·塔尔吧？"

黛安娜已忘了上次如此窘迫是何时了。她不禁倒吸一口气，平静地回答：

"对，我是黛安娜·冯·塔尔。"

"啊，很高兴见到你。"爽朗的帕琪说，"我们社交圈外人总喜欢观望圈中人，就像看笼子里的猴子——因为我们无知，你我之间总有些距离。"这分明是对上流社会的不恭。帕琪不是故意这样说，可客人觉得她真无礼。黛安娜想容忍她，但也被惹怒了。

"或许只是你想象的距离。"客人漫不经心地说，"或许你只是在旁观望，体会不到圈中真正的乐趣。道尔小姐，你说有这样的可能吗？"

帕琪欢乐地笑了起来。

"你说对了，冯·塔尔小姐。我对上流社会了解多少？丝毫不了解，我完全是圈外人。"

"或许是吧。"黛安娜慢慢地说，"上流社会只吸引有高级品味的人。"

"我们是在划分界限吗？"帕琪问，"广义上的社会最能体现人类的文明，所有行为得体的人都是社会的一员。"

黛安娜问："你说的是共产主义吗？"

"或许是吧，社会应是对大众而言的。可某些阶层会联合起来排挤他人，只认可家族关系。而很多人甘愿将自己置于社会底层，还高兴地崇拜这些社交明星。报纸刊登他们的照片，报道他们穿什么颜色的礼服、做什么样的发型、吃什么和做什么。贫穷的洗衣女工、商店女工看这些报道时，比读圣经还要虔诚。我的女仆玛丽是位纯真姑娘，可她也看周末报纸的社交专栏，还从头到尾读一遍。但我从来都不读。"

黛安娜感觉脸颊像火烧一般。她生来就敬畏社会阶层这个概念，当然更讨厌帕琪的嘲讽。为了让帕琪为刚刚的讽刺而后悔，她暗自克制恼怒情绪，平静自满地说：

"亲爱的道尔小姐，你对社会的看法太肤浅了。"

帕琪问："是吗？"

"文化教养、相似的品味和精神追求，这些总会吸引一些人聚在一起，形成所谓的'社交圈'。它们不是秘密社团，也没有明确的排外规定，与它们意气相投的都能加入。这是自然形成的，不是故意而为，你懂吗，道尔小姐？"

"我懂，"帕琪迅速回答，"你说得很对。我太蠢了，因为太阳被乌云挡住了就批评太阳的不是。人分各种，或许社会阶层也有各种。"

黛安娜小声说："你想通了就会同意我说的观点了。"她很得意满足，让帕琪不禁想捉弄一下她。

帕琪问："你的照片有登在周末的报纸上吗？"

"若你剥夺了玛丽的周末乐趣，也许就能看到了。"

"想必是很漂亮的照片吧。展现你的教养和文化，还有最新款的礼服。你们圈中文化修养高的人早就认识你了，报纸上的你是最完美、最时尚的代表，激励着社会底层野心勃勃的人，或许这也是件好事。"

黛安娜问："你是在惹怒我吗？"她那双被睫毛挡住的眼睛都要冒火了。

"亲爱的——"帕琪紧张地喊道，"我实在太鲁莽放肆了，我当然不是要惹你生气！冯·塔尔小姐，原谅我好吗？啊！我们重新再来好吗？我一定会好好表现的。我真是懵懂！"

黛安娜笑笑，要是她对幼稚的帕琪生气，这就太愚蠢了。

"不幸的是，"黛安娜说，"我总不能摆脱那些报纸的庸俗宣传。记者就像贪婪的秃鹰，总要抓住轰动的新闻，但他们不会尊重任何人。我们要尽量挫挫他们的锐气。以前因为自己被'登上报纸'，我感到羞辱，会常常哭泣；可现在，我已学会如何勇敢面对，而不是逆来顺受。"

帕琪懊悔地说："请原谅我！我也许误会你了，冯·塔尔小姐。要是我们更熟悉彼此，也许你能帮我，让我在上流社会迅速走红。"

"我愿意帮你，道尔小姐，你太有趣了。你会回访吗？"

"当然会，"帕琪欣然答应，"很高兴你能到访，冯·塔尔小姐。希望你对这次的会面还满意，希望我没有妨碍到你，你的社交圈要求那么多，你一定很忙。我什么时候应该回访？希望能安排方便彼此的合适时间。"

黛安娜对心急的帕琪笑笑。她真是个无知的小姑娘！

"梅里克小姐和德·格拉夫小姐已同意在十九号到我家，在晚会上帮我接待朋友，你要来吗？"

帕琪惊讶地喊道："露易丝和贝丝！"

"她们真是太体贴了，对吧？我能不能也拜托你一起来呢？"

帕琪看着对方的脸，困惑地笑了笑。

"我还是不参加了吧！"她说，"我不喜欢那样浮华的生活，你看不出来吗？"

黛安娜当然能看出来，她看出了很多东西，精明的她早就对帕琪评估了一番。帕特丽夏·道尔小姐长得不高，有些丰满，欢快的圆脸上长着雀斑。她有一头红发和高挺的鼻子。她那双蓝色眼睛很美丽，闪烁着欢乐的光芒。看着如此迷人的双眼，别人会少些留意她的普通长相。黛安娜还注意到，帕琪表情丰富，小嘴可爱灵动，双眼闪现出直率的目光，搭配极了。这位小姑娘充满活力，黛安娜不得不承认她有与众不同的魅力。帕琪虽不完美，但必能吸引和迷倒所有遇见她的人。帕琪的性格与黛安娜冷冰冰的性格迥然不同，一定能反衬出黛安娜的冷艳。

"你拿主意，亲爱的。"黛安娜亲切地说，"不过，为何不趁此机会开始你的社交生活？那可是最顶尖的上流社交圈。你不想与你的表姐表妹趁机认识一些社会精英人士吗？"

帕琪想，如果贝丝和露易丝都决定参加，她为何要退缩？这位少女天生就很好奇，想到高级聚会里见识一下，亲自"瞧瞧"那些厉害人物。

"如果你真希望我去，我就参加，也会努力好好表现。但我不明白，你为何要为我们三人提供社交赞助？难道……"帕琪突然有种直觉，"难道是约翰舅舅的意思？"

"最开始的确是。"黛安娜回答说，她起身准备离开，

"但见过你以后，这已经是我的个人意愿了。我决定要亲自帮你们。记得早点来，亲爱的，我们九点钟就要接待客人。"

访客走后，帕琪心想："九点钟！那时我通常都睡了。"

注释：

[1]克拉夫顿市（Cloverton）是美国明尼苏达州的一个城市。

[2]清唱剧是类似歌剧的大型声乐体裁，有一定的戏剧情节，包含多种声乐曲。协奏曲也是一种声乐体裁，由一件或以上独奏乐器与乐队协同演奏。

[3]美惠三女神（The Graces）是希腊神话中代表真善美的三位女神。

第五章　准备首秀

　　约翰住在道尔家。道尔家只有帕琪和她父亲——道尔少校。曾经是军人的少校高大英俊，胡子和头发都花白了。他"很有个性"，才思敏捷，是讨人喜欢的"典型爱尔兰绅士"。他很疼爱女儿，简直到了崇拜的地步，这不能怪他。他是约翰的特别代理商和经理，帮忙打理约翰的亿万财产，工作非常忙碌，但能减轻约翰的负担。少校知道约翰本应"退休"，可管理他的投资和收入仍不简单。

　　我们一向以为，精明冷静的人能发大财，不一定非得使用肮脏手段才能成功。没人会说约翰或少校使用卑鄙手段谋取财富，因为他们都是仁慈、善良、单纯、诚实的人。约翰说他从没想过要"成为有钱人"，一切都是无心插柳的结果。他一直专注在事业上，没有注意不断增加的财富。意识到这点之后，他很快就退休了，聘请少校帮忙管理他的投资项目。历经多年艰辛，他想过些休闲生活。他告诉道尔少校，别再让他的收入积累更多的资金，好好利用这些收入，帮助有需要的慈善团体和个人。你该猜到了，这个任务对少校来说甚是艰巨。他常常责怪约翰不给他建议，说这位百万富翁自私地将重担压到他肩上。其实少校不会因为这样而不高兴，他与约翰还是会真诚地相互帮助、相互敬重。

　　三位姑娘中，帕琪是约翰最疼爱的，她将继承约翰大部分的财产。若露易丝和贝丝"嫁得不错"，她们也会分得部分财富。约翰和道尔少校都还未考虑帕琪的婚事，她还是个孩子，婚姻对她来说太遥远了。

　　黛安娜的拜访结束后，三位姑娘在星期天下午相聚，在帕琪房间里认真讨论晚会的事。约翰在客厅的安乐椅上睡午觉。道尔少校凝视窗外，闷闷不乐地坐着抽烟。只要帕琪离开片刻，他就提不起精神。

帕琪房间的门终于开了，三位姑娘走出来。

少校抱怨道："哼！你们是不是早有预谋的？"

约翰终于不再打鼾了。睡醒的他拨开脸上的报纸，坐起来，对三位侄女亲切地笑笑。

"都是你的错！"少校冲约翰喊，他只能朝约翰发脾气，"愚蠢的你把我们卷进复杂的情况中，太糟糕了。你就不能少惹些麻烦吗？"

约翰镇定、平静地听少校责备自己。

他温柔的目光转向三位姑娘："亲爱的，你们怎么了？"

"我没觉得不妥当，大伯。"露易丝严肃地回答，"我们要在社交圈初次亮相，免不了要好好讨论，你们当然会觉得无趣。大伯，这件事真的很重要，兴许是我们一生中最重要的事情。"

"有什么了不起！"少校咕哝道，"这脆弱、虚伪、空洞的'上流社会'对三位健康机警的姑娘有何益处？告诉我！"

帕琪说："亲爱的父亲，你不懂。"她轻吻父亲脸颊，安抚他的情绪。

"他懂。"贝丝皱着眉头，沉思着说，"现代上流社会由男人或女人主导，充斥着虚伪、自私、腐败。"

"噢，贝丝！"露易丝不满地说，"你就像个不折不扣的社会主义者。普通人蔑视无法企及的上流社会，但你很快就要被它接纳，不能诋毁你的阶级。"

贝丝固执地说："美国可以不分阶级。"

"可美国有阶级之分，只要多数人承认小众的上流社会，它就一直存在。"露易丝继续说，"如果上流社会'由男人主导'，这不是最受尊敬、最高贵、最受羡慕的吗？"

"世界上还有很多真诚快乐的人忽视上流社会。"贝丝说，"在人类文明的无边天际里，那些社交明星寥寥无几。"

"可他们终究是明星呀，亲爱的。"约翰微笑着对贝丝说，眼神里对她有一丝肯定，"他们是很大很耀眼的星，这是很合理的，即使在美国，人与人之间也会有差别。例如，军队里只有几个将军，军队也是'由男人主导'，可我们没理由不敬仰将军啊。"

约翰作此比喻是想获得少校的赞同，但少校反驳说："远远敬仰就好。"

"尊敬的少校，有些东西本来就对女孩子很重要。"约翰若有所思地说，"你又不是她们，别谴责她们天生的渴求。她们喜欢跳舞、午后茶会和盛大舞会，除了上流社会，哪儿能为这些活动提供最好的条件？女孩喜欢被仰慕，喜欢打情骂俏——你们别否认——名流绅士最有时间做这些事了。女孩喜欢漂亮的裙子……"

"噢，舅舅！你一语中的！"帕琪笑着说，"我们要做新礼服。要帮冯·塔尔小姐接待客人，所以礼服必须要一致，就是，呃……"

"就是要与当晚的场合搭配妥当。"露易丝插话，"还要……"

贝丝郁闷地说："还要拼命戴上各种配饰。"

"可为什么要新的？"少校问，"你们有很多旧裙子，都很干净漂亮，裁缝上周才帮帕琪做了条连王后都适合穿的裙子。"

帕琪笑着说："噢，爸爸！你不懂。"

"少校，这次你是真不懂了。"贝丝说，"你对上流社会的判断是对的，礼服你就不在行了。"

少校要发号施令了："姑娘们，你们怎么就不听我说……"

约翰打断他，"她们不会听的。一说到裙子，她们就不听男人的意见。"

少校讽刺地说："她们穿裙子不是要取悦男人吗？"

"不全是。"露易丝傲慢地说，"对于长得好看的女人，男人极少在意她的穿着。但女人在意裙子的全部细节。任何过时、不合身、品味差的裙子都要受到批判。"

少校激动地反驳道："那样的女人品味一定低劣！"

约翰被逗笑了："啧啧，你何来的资格批评女性的品味？"

少校沉默不语，不服气地瞪着眼。

"做裙子是件烦心事，"贝丝平静地说，"但这是做女人要付出的代价。"

少校抱怨道："你们还只是十几岁的女孩。"可没有人理睬他。

"我们想为你争光，舅舅。"帕琪兴奋地说，"我们的名字或许会见报。"

约翰说："你们已经登报了。"他拿起旁边的周末报纸。

看到报纸，他们同时发出感叹。三个女孩凑到一块儿，三双急切的眼睛快速扫视社交专栏，连少校也严肃地笑了笑。

帕琪喊道："在这儿！"她像个学生一样跳来跳去。露易丝兴奋得轻轻颤抖，她有感情地念道：

"下周四晚，冯·塔尔小姐会在家中豪宅接待梅里克小姐、道尔小姐和德·格拉夫小姐。三位姑娘初次踏入社交圈，她们是著名锡铁大亨约翰·梅里克的侄女和外甥女。"

接着又是一声感叹。少校愤愤不平地说："哼！原来如此，你们能登报是因为约翰·梅里克是你们的大伯和舅舅。亲爱的，要不是约翰的锡铁，上流社会根本不认识你们！"

第六章　小风波

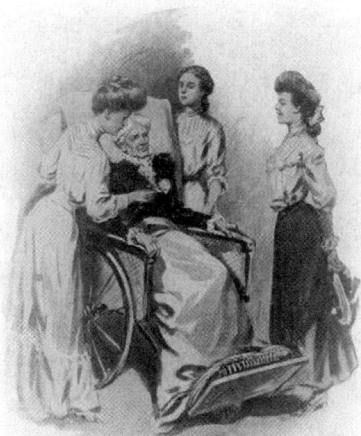

　　黛安娜社交经验丰富，在她的筹划下，晚会举办得非常成功。

　　她引荐的三位姑娘没让她丢脸。出色的女裁缝为她们量身订做了礼服，让她们更有魅力和朝气。帕琪有点小胖，她的晚礼服可能有些显笨。黛安娜的一些女客人悄悄笑话帕琪，强作宽容姿态。但贝丝艳压群芳，举止端庄，令她们惊讶和妒忌。还是露易丝最成功，她秀丽迷人，镇定自若，应答自如，很好地掌控情绪。初次亮相社交界，她就给客人留下热诚友好的印象。

　　黛安娜礼服的材质是白色带花卉图案的绸缎，雪纺镶边，上面点缀着珍珠和粉红色的玫瑰刺绣。为了名誉，黛安娜为晚会准备了很多华丽装饰，都达到上流社会认可和喜欢的标准。

　　大厅里放置了上百支长茎的美国月季，还有上百棵肯尼亚棕榈。整个大厅显得更加宽敞、美丽。黛安娜她们在客厅接待朋友。客厅里各品种珍稀的兰花灿烂绽放，它们由孔雀草点缀，插在铜色篮子里。旁边的音乐厅里，一朵朵名贵的玫瑰也绚烂夺目。一簇簇温室培育的樱花摆在宴会厅里。大厅天花板很高，正好挂起竹制的日式藤架，上面垂吊着红灯笼。厅里的仆人甚至都是穿和服的日本女孩。长桌上铺着粉色绸缎桌布，铺着一层蕾丝花纹的薄布，上面绣着粉红色薄纱质的蝴蝶结。桌上还摆着一篮蓝粉色的塞西尔·布伦纳玫瑰[1]，夹杂着白色铃兰花，雕花的玻璃篮子。客人进来后，侍从就送上茶点。

这是一个传统晚会，非常拥挤。城里的社交人物大都受邀，黛安娜如此有名，他们很难拒绝邀请。贝丝和帕琪见了无数客人，简直头昏脑涨了。到后来，客人的名字她们听过即忘。到处都是乐队的演奏声、持续不断的热闹说话声。

泰然自若的露易丝并没有丝毫分心，她的记忆力给大家留下深刻印象，相信以后她还能将名字和客人对上号。这是她的特殊才能，让她特别招人喜欢，因为没有人会觉得自己不重要，任何场合都希望自己被记住。

黛安娜正忙着接待客人，她的密友，一位优雅的金发女孩，突然跑来抓住她的手，低声说："噢，黛安娜！猜猜谁来了，亲爱的！"黛安娜猜到了，她半眯着的眼睛从不看漏任何重要的东西，除非她完全闭上眼。她拉着朋友转向客人队伍。露易丝无意中听到她俩激动的悄悄话，正猜测到底是谁。

她马上就知道了。一位高大英俊的年轻人正向黛安娜鞠躬。奇迹出现了——黛安娜瞬间睁大眼睛，娇媚地望着年轻人微笑的脸。这惊人的匆匆一瞥向年轻人传递了信息，他红着脸向黛安娜鞠躬，似乎在掩藏他的尴尬。露易丝好像懂了，她看了他一眼，心跳加速，心里抱怨黛安娜给她设了圈套。

黛安娜轻声说："你好，亚瑟·威尔登先生。"威尔登先生急切地凝视露易丝，伸出手等待对方握手。露易丝紧张得脸都白了，她模仿黛安娜眯着眼睛，冷淡地鞠躬回礼。亚瑟靠近她，哀求般地轻轻叫了声"露易丝"。黛安娜听到了，不怀好意地皱皱眉。露易丝没有回应，马上让他走到贝丝面前。

热忱的贝丝惊讶地说："亚瑟！你也来了？"

他回答："很出奇吗？贝丝小姐，你在这儿才出奇呢。"他低声加一句："还由黛安娜保驾护航。"

轮到帕琪了，她直率地跟他打招呼。亚瑟只能握握她的手，因为后面的客人推着他往前，他得让出位置。

亚瑟湮没于人群中，四位姑娘脑海里想的都是他。黛安娜有点心神不定：她们都认识亚瑟……亚瑟跟露易丝打招呼的声音……她很困扰。凭准确的直觉，露易丝读懂了黛安娜那匆匆一瞥，心里顿时对黛安娜充满怀疑和厌恶。

亚瑟·威尔登天生就有些奇怪，他体格强壮如勇士，在品格方面却是个懦夫。他生于单亲家庭，父亲只专注事业，亚瑟从小就被忽视，他反复多变的性格很大程度由此形成。大学毕业后，他拒绝父亲安排他从商。父亲瞧不起他，对他很冷漠，临时存了一小笔钱，准备日后废除亚瑟的继承权。这期间亚瑟遇到了露易丝，两人深深爱上了对方。可精明实际的梅里克太太发现亚瑟没有继承权，更没前途，就禁止他到家里与女儿见面。露易丝对亚瑟刚开始有兴趣，很讨厌母亲的干涉，也不愿放弃亚瑟。她设法与亚瑟在外面见面。约翰与三位姑娘相认后，就带她们游欧洲。那时露易丝和亚瑟的关系很复杂，若他们被发现，露易丝的声誉就会受损。亚瑟用了个假名，悄悄跟着露易丝去了欧洲。不久约翰就起了疑心，他知道亚瑟真正的身份后，严禁他和露易丝在余下的旅程里"谈情说爱"。

亚瑟有时表现很勇敢，有时很软弱。约翰对他很友好，很关心他。约翰深谙人的天性，知道亚瑟有何优点与缺点。旅程有亚瑟作伴，贝丝和帕琪也很高兴。因为不许露易丝和亚瑟谈情说爱，他们一群人相处得很融洽。后来，亚瑟父亲突然离世，亚瑟成为父亲的财产持有人，不得不回美国打理新事业。露易丝回家后，盼着亚瑟像从前那样讨她欢心，可他只忙着工作。她觉得被冷落了，于是对亚瑟也冷淡了许多。亚瑟也不再拜访她，情绪多变和敏感的他讨厌被冷落。真是奇怪，一点小事也会影响人际关系，很多时候，无谓的琐事竟也造成两人的疏远。

露易丝对此很不高兴，但她很快就学会了忘记这位前仰慕者。亚瑟投身社交活动，寻求安慰，分散注意力。他专注在黛安娜身上，她的奇怪个性有段时间让他很着迷。

亚瑟的事业并没改变他多变的情绪，黛安娜也不能改变他。其实他的心比预想中的要坚定，他从来都没放下对露易丝的爱，可骄傲的他不允许自己与她再续前缘。他好几个月没见露易丝了，这次相遇竟让他内心变得如此热切。他突然醒悟：他对露易丝的爱只是沉睡了而已。

现实、冷漠、精明的黛安娜被亚瑟深深打动。通常她很快就会拒绝追求者，这次还真让人费解。她对亚瑟大方热情，若她会真心爱人，那她是真爱上亚瑟了。亚瑟从未向她求婚，也没有这打算。可她渴望赢得亚瑟的心，哪怕他态度冷淡了，甚至想抛弃她，但她没放弃与他结婚的念头。

亚瑟在意大利待了几个月，最近才回来。这次晚会是他回来参加的首个社交活动。黛安娜计划今晚就劝他回到自己身边，使尽浑身解数吸引他，让他变回从前那样忠诚。可她发现三位姑娘与亚瑟更为相熟时，你就知道她有多心烦了。

最后一位客人终于入场了，接待环节结束。三位姑娘马上就成为焦点，有些人对她们表现出极大的兴趣，仿佛这是他们的责任和乐趣。亚瑟知道今晚没机会与露易丝聊上半句，正准备离开，却被刚刚走进音乐厅的黛安娜拦下。

"很高兴你来了，亚瑟。"黛安娜说，她快速向周围瞄一眼，确保没人听见他们说话，"听说你昨天才坐蒸汽船回来。"

"然后马上就赶来见老朋友了。"他轻声说，"引新人进社交圈，这不是你的作风，黛安娜。"

"你认识她们吧？亚瑟？"

"对，在欧洲认识的。"

"还曾与梅里克小姐谈情说爱？说实话，亚瑟，我知道你的秘密。"

"是吗？你该清楚我与她只是好朋友。"他对黛安娜的揶揄感到生气。

"是的。你叫她'露易丝'，对吗？"

"对，帕琪还叫我'亚瑟'呢，你听见的。"

"帕琪？"

"也就是帕特丽夏·道尔小姐，我们亲爱的小帕琪。"

"噢，我敢肯定你怎么都不会爱上她。"

"我不敢肯定。大家都爱帕琪。但那时我没时间谈情说爱，我在欧洲旅行。"

"那不是一年前的事吗？"她发现亚瑟在逃避谈论露易丝。

"对。"

"之后呢？"

"你知道的，我第二次出国，逗留了六、七个月。"

"这之前呢？我指的是第一次出国回来时。"

"没记错的话，那时我在冯·塔尔小姐的社交圈里混。盘问可以结束了吗？"

"可以。"她笑着说，"别怪我爱打听，亚瑟。我只是对你们四人相熟感到惊讶，我才认识她们。"

"那你介绍她们到你圈里是……"

"是为了取悦我父亲，他想讨好梅里克先生。"

"我理解，"亚瑟点点头说，"但她们都是善良的姑娘，黛安娜，她们不会被带坏的，我敢肯定。"

"那我就放心了，"她轻蔑地说，"亚瑟·威尔登为她们做担保……"

他连忙澄清说："不，我不会为任何人做担保，包括我自己。"黛安娜淡定地解读他的表情，似乎不同意他说的话。

她轻声问道："你还是那么浮躁，亲爱的[2]？"

"我不是，黛安娜。我的缺点是态度不认真。"

"从没？"

"我记不起何时认真过，至少不知何时认真对待过一个女孩。"

黛安娜咬咬唇，忍住没皱眉，她的目光居心叵测。亚瑟躲开她的眼神。

"我的亚瑟，这真是个缺点，"她温柔地说，"我们曾一起跳舞、参加戏剧晚会和嬉戏打闹，我们在一起的宁静夜晚你都没认真对待吗？"

"我只觉得很有趣。你呢？"

"噢，我也觉得很有趣。那些时光对我而言意义非凡。从那时起，我的美好生活才真正开始。可你突然跑到国外——呀，我那时确实太认真了。"

她的语气中充满了热切的怀念。亚瑟笑了，假装轻松。早晚她都会明白亚瑟的意思，或许这次就让她明白，两人昔日的关系不可重修。亚瑟不是不讲理，他也不愿伤害黛安娜。他感到不安，觉得自己对她的追求过于热切，还无心认真发展这段感情。可黛安娜觉得她能重获亚瑟的心，让他变回从前那般忠诚。这是个愚蠢的想法。亚瑟从未说过妥协的话，也从未承认他爱她。黛安娜太不切实际了，还以为自己能拥有他。

事到如今，亚瑟应该再解释一下，可他没勇气，这是他的缺点——软弱到不敢坦白自己的真实感受。为了打破尴尬的沉默，他犹豫地说："只有我们想认真时，人生才会严肃起来，一旦认真起来，人生却不再快乐。所以我永远奉承'笑对人生，快乐至上'。"

"我也可以呀，我们可以共同享受人生。"黛安娜故作轻松地说，"作为好朋友，你的感受即我的感受。亚瑟，我们不是亲密朋友吗？"

亚瑟又不知该说什么了。黛安娜固执地对他施以无形的约束，他非常恼怒。这个女孩比他想象中要聪明，很难对付，将来一定会给他惹麻烦。他并没有趁机向黛安娜坦白，让她清醒，反而愚蠢地避开了话题。

"你今晚很冒险啊，"他假装漫不经心地说，"你不知道四个女孩站一排是不吉利的吗？"

"第一个眨眼的才会遭不幸，俗话不是这么说的吗？我自己极少眨眼睛，"她微笑着说，"可我从不迷信，这只是让人心理恐惧的话罢了。"

亚瑟说："我不这么认为。" 他很高兴终于换了话题。他说："我有位朋友，他的名字有十三个字母[3]，但他第一次向女孩求婚就被接受了。"

黛安娜看他的目光突然变得很令人不安。

"如果你名字中间加个大写字母，也是十三个字母。"

"可我没有，黛安娜，我没有。"他急切反驳道，"而且，要是我向女孩求婚，她一定会拒绝我。可我没心思做这些疯狂事，所以我现在很安全。"

黛安娜意有所指地说："不试试你怎么知道不会被拒绝呢，亚瑟？"他又踩到雷区了。

"来吧，我们回去见见你的客人吧。"他让黛安娜挽着他的手臂。"你的客人要知道我单独与你聊了这么久，他们会恨我的。"

"亚瑟，我要和你好好长谈一番，就像从前那样高兴地聊聊。"她认真地说，"你星期天下午能来吗？到时没人会打扰我们。"

他犹豫了。

"星期天下午？"

"对。"

"好吧，我会来的，黛安娜。"

她满怀感激地看着亚瑟，挽着他的手，一起回到客厅。那里已经没那么拥挤了，很多人都走了。弦乐团在大厅的蕨类植物后面演奏。音乐响起，有些年轻人在开阔的场地翩翩起舞。

很多人很感兴趣地围着露易丝和贝丝，自由愉快的帕琪与一群传统的年长贵妇聊天。美丽健康的帕琪很活跃，对贵妇们很体贴，可受欢迎了。梅里克太太也受邀请了，她穿着华美的礼服，像纸牌人一样僵硬地坐在角落里，贪婪地观赏着这华丽的一切。她知道露易丝今晚非常成功，却忘了自己已被忽视了。黛安娜看一眼就知道三人表现如何。她四处与客人亲切地聊天，然后要亚瑟与她一起跳舞。亚瑟无法拒绝。他看到露易丝紧紧地盯着他，她的眼神充满了得意的鄙视，亚瑟非常恼怒和气愤。跳了几曲后，几位准备离开的客人正等着与主人辞别，亚瑟趁机向黛安娜喊停，逃离了让人讨厌的窘境，在主人记起他以前就静静离开了。

注释：

[1]塞西尔•布伦纳（Cecile Brunner）是一种浅粉色玫瑰，属法国玫瑰品种。

[2]原文此处"亲爱的"是法语。

[3]西方国家认为"十三"是不吉利的数字。

第七章　默肖登场，
　　　　麻烦开始

　　冯·塔尔家的晚会为三位姑娘开启了社交大门。有约翰的百万身家和黛安娜的支持，可爱迷人的她们定能成为上流社会的宠儿，何况她们已幸运地获得了认可。

　　晚会之后，她们连续几天忙着应酬登门拜访的客人，还要出席宴会、桥牌晚会等。社交圈的委员会在十二月要举办义卖集会，主持委员会的桑德琳汉姆太太特别喜欢露易丝，还将她的名字添加到集会名单中。所以露易丝三人都能参加。这是本社交季里最出名的活动。备受偏爱的她们还能在"花卉亭"主持义卖，这可是最重要的特色展摊之一。

　　梅里克太太知道后欢天喜地。约翰说她们无论到哪儿都会成为明星，当然不是天上的星星。道尔少校很生气，也很不满。当知道"帕琪担任时装秀指挥"时，他心里却偷着乐，天真地想象着帕琪如何艳压群芳。他们忘了之前对上流社会的批评，连贝丝也忘了。她们对新鲜的体验可感兴趣了。

　　晚会结束后的一两天，亚瑟在家里生闷气，他很不高兴，情绪也很不稳定。星期天中午他派人送信给黛安娜，说他下午不能如约拜访。然后他就直接去了梅里克家，送上访问卡。露易丝的脸都红了，她笑了笑，又皱皱眉，决定接待来客。

　　亚瑟是她最感兴趣的人。他们有过浪漫的关系，亚瑟在露易丝眼里依然与众不同。晚会之后她一直在问自己：她还爱亚瑟吗？她不知道。亚瑟再不是当初那个"没资格的人"，连约翰也不怎么反对了。他很英俊，很讨人喜欢，有身份有地位，还很富有——这一点足以让梅里克太太不再反对，亚瑟会是个令她满意的女婿。女孩在感情上会表现出任性，产生些奇怪念头。且不论亚瑟是否有资格、是否得到家长认可，有个事实她绝不能忽视：黛安娜爱亚瑟，还想赢取他的心。这勾起了露易丝的好胜心，亚瑟此时显得尤为重要。亚瑟曾抛弃她，她怨恨亚瑟，可她的好胜心已轻易地抛却了怨恨。她想，或许她也有错，亚瑟想重修他们的关系，她也许能击败黛安娜，那样多痛快，所以现在最先要做的，是真诚地接待亚瑟。

她伸出手，微笑着说："真没想到你会来，威尔登先生。我还以为你把我忘了。"

他责备地说："当然没有，露易丝！你怎能这么想？"

"我可是有证据的。"她调皮地说，"你以前总来烦扰我，接着慢慢疏远，之后就再没来过。你说我会怎么想呢，先生？"

他低头看着她，心想：她现在长得多美、多成熟、多有气质呀！

"露易丝，"他温柔地说，"我们别再互相指责了。不管是谁错，只要你肯原谅我，就都算我的错。我们曾是……好朋友，我们曾……想进一步发展，可我们出了状况，我也不知道是什么令……令我们分开的。"

"当时你离开了，"露易丝笑着说，"那样我们当然会分开。"

"是，我离开了。可亲爱的别忘了，你曾像施舍乞丐那样对我。"

"你后来向某位冯·塔尔小姐寻求安慰。最近有谣言说你们订婚了。"

"我订婚了？一派胡言！"他内疚地沉默了。

露易丝知道真相，想给他一点惩罚。

"至少黛安娜是认真的，"她故作冷漠地说，"你不能否认曾对她大献殷勤。"

他坚决地说："我没对她献殷勤。"

"流言蜚语，你懂的。黛安娜也确实很迷人。"

"她是座冰山！"

"噢，你发现她的特点了？那她对你不理不睬吗？"

"不，"他有些生气地说，"我从不在乎黛安娜，我们只是朋友。我……我难过时，她逗我开心，可我从未向她示爱，一次也没有。后来我就……"

"嗯，就怎么了？"

犹豫的亚瑟脸又通红了，"我发现，我无意真心对她好，我们的游戏开始变得很危险。所以我就到国外去了。"

露易丝认真思考这番解释。她相信亚瑟的话，至少这是她知道的事实。但她从过往经验看，亚瑟也许轻易地让黛安娜高估了他的热诚。他是个冲动、热情的人，黛安娜认真对待他的殷勤，深深迷恋上英俊的他，这还真不会让人感到意外。

露易丝渐渐不那么厌恶他了，他的个人魅力让露易丝宽容地对待他的缺点。他明显想要和解，这也是露易丝的愿望。

两人的交谈渐渐驱散阴郁的氛围。这对心有灵犀的恋人长谈一小时，决定恢复旧日深情。露易丝当然没有完全屈从亚瑟的恳切之心。女人的直觉警示她，要将这个小伙子长期置于"坐立不安"的状态，这样他才会珍惜，才会对露易丝的青睐感到荣幸。不仅如此，露易丝还定了一些严格的条件，要他保持良好的表现，若他能坚持下来，还坚定、真诚地爱露易丝，她会对他报以慷慨的爱。

　　为了星期天下午与亚瑟的会面，黛安娜早就做好细致安排。晚会之后，她已知道亚瑟的心向着谁。她冷静地在心底的天平上估量了一下，她还是有足够能力夺回摇摆不定的亚瑟的，诱导他忘记曾经在他心里的人，比如露易丝·梅里克。

　　黛安娜在感情方面真没什么经验。亚瑟是她第一个追求者，也是目前她认可的唯一追求者。没人能像黛安娜那么观察入微，看透了亚瑟的独特个性。她当然清楚，在外貌上她略输一筹。尽管她外表优雅，教养极好，还有很多公认的优秀成就，可她的个性没有吸引力，让大多数人都反感。通常，极少有男人会出于礼貌待在她身边，他们甚至有些害怕她。到现在她才关心这些问题，她热切希望能留住一个人，或引起某个人的兴趣。黛安娜天生隐藏着未知的魅力。她冷静地想，只要运用自己的魅力和优点，加上天生的敏锐和玩弄计谋的能力，要留住亚瑟易如反掌。

　　她好好计划，细心挑选着装，期待着亚瑟的拜访。亚瑟却送来便笺说要取消拜访。她将亚瑟毫无说服力的借口读了两次，然后坐在角落里静静思考。第一枪已经打响，战争已经开始，她像个睿智的将军，小心地调兵遣将。

　　一两个小时后，她翻开电话录，拨通梅里克家的电话，接电话的是一位女仆。

　　黛安娜说："我想和梅里克小姐通话。"

　　被打扰的露易丝有些气恼，但不得不接电话。

　　她问："请问你是？"

　　黛安娜装成其他人的声音，迫切地问："威尔登先生在吗？还是他已经走了？"

　　"啊，他在这里，"疑惑的露易丝回答，"请问你是谁呀？"

没有人回应。

露易丝继续问："你要威尔登先生听电话吗？"她快被
这奇怪的电话弄昏了。

黛安娜放下话筒，挂了电话。

听到咔嗒一声，露易丝也放下电话，回到亚瑟旁边。她
不知道是谁来电，亚瑟听她说了之后倒猜到是谁了。黛安娜无
礼的打扰让他很不自在，但他没打算告诉露易丝那是谁，她很
快也就忘了这件事。

"和我想的一样，"黛安娜缩在躺椅上沉思，"这个笨
蛋将我抛下，跑去她家了。没关系，现在情况一清二楚，我知
道该怎么做了。"

冯·塔尔先生这天下午出门了，要一个小时后才回来。黛
安娜又去打电话，打了几通都没人接，最后终于通了，找到了
在俱乐部的表兄——查尔斯·康纳迪·默肖先生。

"我是黛安娜。"她说，"我想你过来看看我，马上过
来。"

"对不起，黛儿，我不能来。"对方回答，"上次我才
被你们毫不客气地赶走。"

"父亲不在家，查理，放心过来吧。"

"真不行，亲爱的表妹。你们全家都把我当斗牛犬，我
可不想再受这样的对待。还有别的事情吗？我还得赢一局台
球，晚饭才有着落呢。"

"钱不够了吗？查理？"

"不是不够，是一个子儿都没了。"

"听着，马上叫出租车，尽快到我这里来。我会付车

费——还有其他你需要的费用。"

电话另一头轻轻地传来惊讶的口哨声。

他饶有兴趣地问："黛儿，发生什么事了？"

"来了你就知道。"

"能用得上我？"

"当然，对你也有好处。"

"好，马上来。"他挂掉电话。黛安娜满意地叹口气，回到小房间的躺椅上坐着。半小时后，默肖先生来了，她还"盘踞"在那椅子上。

"真是新鲜事，"默肖说着坐下来，皱着眉四处张望，"不久前，赫德里克舅舅把我彻底撵出他家，现在他女儿竟邀请我回来。"

初见默肖，你会觉得他是个迷人的年轻小伙子，高大，打扮得体，彬彬有礼。可他的双眼靠得太近了，真是可惜了那张帅气的脸。

"大概一年前，你让我们丢尽了脸，查理，"黛安娜平静地轻声说，"我们当然不能原谅你。你可不能怪我们与你断绝关系。可现在……"

他冷静地问："现在又怎样？"他试着解读表妹那张毫无表情的脸。

"我需要像你这样无耻却聪明的人帮忙，我会给你足够的钱。你也肯定需要这些钱。我们联盟，怎么样？"

默肖笑了，但不是因为高兴才笑。

"当然可以，亲爱的表妹，"他回答，"我可以做坏事，合法就行。我不喜欢与警察拉上关系。不过正如你所言，我真需要钱。"

她怀疑地望着他，问："我能信任你吗？"

"这件事上你能信我。可你也要清楚，杀人抢劫的事我不干。警察还认识我，我不干任何让我锒铛入狱的事，还有比这更容易挣钱的活儿。不过，你的计划该不会到这么恐怖的地步吧，黛安娜。你的计划更可能是些卑鄙勾当。这没关系，只要你的价钱够高，我就听你的，亲爱的表妹。"

"要是你成功了，回报绝对优厚。"

"这句我就不喜欢了，万一不成功呢？"

"听着，查理，你认识亚瑟·威尔登吗？"

"听说过，但不熟。"

"我想嫁给他。他之前对我特别殷勤，可现在，他……"

"他想摆脱你。人之常情，亲爱的。"

"现在他迷上了另一个女孩，一个轻浮、涉世未深的小丫头，谁先向她求婚她就嫁给谁。她很有钱，是她自己的钱——她未来的丈夫也将变得很有钱。"

默肖盯了她一眼，吹着口哨在房间里跳来跳去，又重新坐下。

他突然说："那是必然的！"他旁若无人似的点燃雪茄，靠着椅背，若有所思。

"查理，"黛安娜继续说，"你也可以娶露易丝，过上体面的安定生活。她那样的女孩难以抵挡你那潇洒、老练的一套。我想让你对她大献殷勤，这样亚瑟就会退出。我负责吸引亚瑟。全盘计划大概如此。"

他沉默地抽了一会儿烟。

"她是什么样的女孩？迷人吗？"

"她的魅力足以迷倒亚瑟。她刚进我们的社交圈，对你声名狼藉的过去一无所知。哪怕她听到什么谣言，像她这种女孩，通常会觉得'坏'男人也有微妙的迷人之处。"

"对！"

"若你能赢取她芳心，也就能娶一位听话的妻子，还有可随意挥霍的大笔财富。"

"有意思，黛儿。但……"

"我说过，"她平静地打断，"要是你成功了，回报将非常丰厚。我愿意为我们的未来投资必要的前期开销，每个月我给你一千美元。" 他轻蔑地弹弹雪茄上的烟灰，说："呸！一千等于没有！"

"那你想怎样？"

"每周预付五百美元。这份工作开销很高，黛儿。"

"好，我每周给你五百美元，但你得认真工作，按计划行事。我会盯着你，查理，别丢了你的终极大奖。"

"当然不会，亲爱的表妹，这次交易太划算了。"他兴奋地说，"什么时候开始行动？具体怎么做？"

"靠近一点。"黛安娜洋洋得意地说，"我会告诉你所有细节。我负责计划，你负责执行。"

他咧嘴笑着欢呼："好！我已经迫不及待啦！"

第八章　爱的战争

　　露易丝的浪漫情怀越发严重，她和亚瑟又开始肆意打情骂俏。她理智的表妹和母亲都看在眼里，因为前车之鉴，她们对两人并不看好。只要露易丝与年轻小伙子扯上关系，人们就觉得她变得很轻浮，所以她们对露易丝有这样的误解。自从露易丝开始穿长裙，她就被打上"卖俏女孩"的标签。她不够沉稳，但她的心不会轻易被打动，因此大家都深深误会了她。

　　露易丝不会轻易对人敞开心扉，哪怕是对着最亲密的朋友。没人能猜到，她已将自己最深最真的爱托付给了亚瑟。她比以前成熟了，能感知内心最真的自己，她心里沉睡的爱情已经苏醒。不久前她就放下拘谨，向亚瑟坦白：如果他们不能厮守，生活对她再没有意义。亚瑟也真心爱露易丝，在他们互相误会的几个月里，他对露易丝坚定的爱从未磨灭。

　　大家都觉得，他们大概"只在打情骂俏"，因此，两人有更多机会单独散步、驾车外出。通过深情的亲密交流，他们能完全理解对方，彼此信任，相信谁也不能动摇他们的心。

　　在一个戏剧晚会上，三位姑娘第一次碰见查理·默肖。那天晚上，她们与默肖没见几面，几乎没发现这个人。露易丝倒发现他的眼睛不止一次定格在她身上，他几乎毫不掩饰对她的仰慕之情。露易丝从未想过背叛亚瑟，但她天生爱好卖弄风情，便任性地给默肖回以娴静的微笑。这下反倒激励了默肖，他是情场老手，当然理解露易丝的意思。在他看来，帕琪能带来更多欢乐，贝丝比梅里克小姐更漂亮，但默肖只喜欢露易丝可爱的个性。最初他对露易丝只像猎人追捕猎物一样。但看到露易丝的回应，他惊奇地发现自己心跳加速了，这感觉非常陌生。没错，这个女孩太适合做妻子和提款机了。黛安娜是对的，这场交易划得来。他必须认真对待，跨过所有障碍，抱得美人归。他想，亚瑟·威尔登当然是主要障碍，他不过是个笨蛋，必须将他甩到一边去，黛安娜会解决这个障碍的。

在这之前，查尔斯·康纳迪·默肖从未动过真情。见到露易丝后，他的心已被彻底俘虏了。在玛丽·德马尔家的桥牌晚会上，他第二次遇见露易丝，两人有了一次长谈的机会。亚瑟当晚也在场。在他玩牌时，默肖趁机带走露易丝。默肖非常有经验，带着露易丝接连绕过很多牌桌，把可怜的亚瑟落在后面。两人欢乐的交谈妙语如珠，还穿插几句小情话，默肖沉醉其中。两人一直聊到彼此熟悉为止。

露易丝觉得默肖是个迷人、健谈的年轻人。他表现潇洒、亲切，很讨人喜欢。他情绪高昂，言辞幽默，露易丝与他共处的每一刻都很开心。默肖先生的确很有社交天赋，若再多些男子气概或普通人的高尚品质，他一定会成为社交宠儿。但他已经够出名的了，只不过名声很臭。早些年时，他就因为不诚信犯过罪，正直的人都鄙视他。在上流社交圈里，有些地位高的夫人看在他家族的份上，依然轻率地宽容他。尽管他做了无数有失体面的事，她们依然惦记着他是默肖家的人。她们之中有允许他拜访家门的，但都不会让自己的女儿嫁给他。她们对他额外宽容，默肖已感激万分。其实，最高级的社交圈已经不接纳他了，他也不去那里打扰相熟的朋友。可现在目标就在眼前，他只能无视落在他身上的怀疑目光。他有时会得到宴会邀请，有时他会强行闯入别人的宴会厅。他公开宣称已经"改过自新"，抛弃了从前的恶习。有些人当真接受了他的声明。为了助他一臂之力，黛安娜只要碰到他，都会和蔼亲切地对待他，尽管她之前不愿承认有这位表兄。

露易丝对默肖的过去毫不知情。默肖急切请求上门拜访，她也答应了。桥牌晚会上，亚瑟整晚怒视"挖他墙角"的人。在回家的路上，亚瑟煞费苦心地暗示露易丝：默肖过去名声很坏，不宜与他交友。露易丝笑话亚瑟，觉得他在吃醋。默肖正好能"让亚瑟坐立不安"，露易丝当然高兴。其实，那天晚上露易丝一直想念着亚瑟，她忍住没说出口而已。

最近，盛大的义卖集会可让三位姑娘够忙碌的，因为她们要负责重要的"花卉亭"展摊。在这个社交季里，义卖集会可是引起大轰动的假日活动，连备受欢迎的马匹展览会也要逊色三分。本来这只是个慈善娱乐活动，义卖获得的纯收入会分给几家医院。但这个活动已被定位成盛大的高级社交聚会，只有名流人士才能参加。

华尔道夫酒店的大舞厅已经被包下，设了许多漂亮的展摊，用以销售新奇商品、小玩意儿和点心。为了尽可能让慷慨的名流人士掏空钱包，届时还会进行抽奖和拍卖活动，社交名媛还要表演传统舞蹈，还会进行其他新奇的娱乐活动。

三位姑娘被分配到花卉亭展摊，她们需要自掏腰包装饰展摊，还要自己提供花卉，贝丝对此感到非常愤怒。"要知道，我们没有资金可用于前期开销，"桑德琳汉姆太太说，"所有义卖收入都要捐给慈善团体。所以这些小开销就由自己负责，大家都愿意这么做。到时候各大报纸会好好报导我们的集会，广告效应绝对物超所值。"

贝丝觉得这说辞毫无说服力，难以想象社交圈子——尤其是高级社交圈——还要为自己打广告。可她渐渐发现这确实是一种宣传手段，圈中每位女性似乎都渴望登上报纸的社交专栏，让他们报导自己的日常活动，越多人讨论自己的着装就越好。谁的曝光率最高，谁就是圈中最红的人。

约翰得知集会的前期费用要三位姑娘承担，而且她们还没报酬，他被逗乐了。

"这有问题吗？"他说，"我们跳舞时还会给小提琴手付小费呢。"

"这分明就是抢钱。"贝丝生气地说，"我可不想参与。"

"不，你一定要参加，亲爱的。"约翰说，"我帮你们付清每一分前期开销，这样你们就能省下零用钱了。这不是慈善活动吗？它可以抵消很多罪过，我是个可怜的罪人，需要很多慈善才能抵消我的罪恶。除了抢劫富人，还有更好的办法帮穷人吗？去吧，孩子们，花钱布置一个最高级的展摊。你们能卖多少花，我就能提供多少。慈善团体应该能从我们的义卖中获取一点储备金。"

帕琪轻吻约翰的脸颊说："你真好。不过，这岂不成了强迫捐款？"

约翰微笑着对三位姑娘说："亲爱的，这对我是件好事。我那些可怕的收入快要把我压垮了，这义卖倒能稍微减轻我的负担。"她们也不反对了。如果这位好心的老绅士能实现他慷慨的计划，他会收获说不出的快乐。

由著名建筑师设计的花卉亭华丽壮观，顶部是一大束纸型兰花[1]，距离地面二十英尺高。为了这次义卖，三位姑娘还特意新做了礼服，贝丝的代表了百合花，露易丝的代表俄斐[2]金黄色月季，帕琪的代表三色堇。

义卖集会开始前几天，酒店的大舞厅已经移交给名流人士，好让他们及时准备。这几天，充满活力的他们从早到晚聚在一起，忙着布置，偶尔打情骂俏，还要排练华美的舞蹈，每人都乐在其中。

亚瑟也去帮三位姑娘了。他不怎么高兴，因为默肖一直在纠缠露易丝。默肖到露易丝家拜访过一两次，自以为能随便参与露易丝的社交活动。狡猾的他无视亚瑟的凶狠脸色，还会毫不犹豫地打断别人与露易丝的谈话，趁机与她私下密谈。

露易丝对此感到很高兴。偶尔与默肖打情骂俏，亚瑟就会坐立不安，她只是觉得这样很有趣，但她毫不在乎默肖。帕琪和贝丝会不时地责备露易丝，因为她们认识亚瑟也有段日子了，还曾与他同游过欧洲。她们当然支持亚瑟，自然很讨厌默肖。

有天晚上，亚瑟快失去所有耐性了，他严肃地跟露易丝说："这个默肖是个坏蛋，家族没落，留下他这么个卑鄙的后人。他母亲是赫德里克·冯·塔尔的姐姐，这位可怜的太太去世多年了。不久前，默肖甚至被他亲人的社交圈驱逐了，尤其是冯·塔尔家的人，他们都拒绝承认他这个亲戚了。不知道为何他现在又四处出没。"

"因为他改过自新了呀，"露易丝说，"是黛安娜这么告诉我的。她说查理以前是有点放肆，可年轻男子都这样。他现在不会再犯错了。"

亚瑟坚持自己的看法："我才不信呢。他天生就是无赖，众所周知，他耍过各种卑鄙手段，以后还会做更多坏事。要是你仔细观察就会发现，只要有他在，所有社交场合里的姑娘都躲着他，她们所有的年长女伴都像保护幼鸟一样，防范默肖这只贼鸥。大家都对他避之唯恐不及，亲爱的，你才刚进入社交圈，与他来往对你没有任何好处。"

露易丝漫不经心地说："他人很好呀。"

亚瑟闷闷不乐地说："对，他就是比我好。"接着他沉默不语，一副郁闷的样子。露易丝觉得好好一个晚上就这样被他破坏了。

但她也没忽视亚瑟的警告。她回头想了又想，觉得她对心上人的玩弄应到此为止了。亚瑟很恼怒，但也没有训斥或责备她。她也觉得亚瑟对默肖的评价很正确。虽然默肖明显是疯狂爱上自己了，可她也看出来他有多自私、放纵。冲动的默肖有几次差点把她吓坏。她决定要小心疏远默肖，断绝与他来往。于是，她马上就对默肖表现出了冷漠。

默肖也一定感到失望了，但他以为能留住露易丝，就加倍努力献殷勤，每天都给她送花送糖果，还在礼物里夹纸片，写上热情恭敬的话语。露易丝感到十分窘迫，她向亚瑟坦白，承认是自己的不慎招来了这样的尴尬。亚瑟却不知如何安慰她，他从心底渴望"狠狠地给默肖一拳"，可他却没这样的机会。

这段时间，黛安娜对亚瑟和露易丝的态度非常热诚。她克制自己，没敢提前插手她和默肖的计划，因为时机还未成熟。她设法与搭档频繁见面，发现默肖在尽最大的努力拆散两人，她根本不需要催促他。

"我一定会赢，黛儿，"他冷酷地说，"因为我爱露易丝胜过爱她的财富。我保证，威尔登永远不会与她结婚。"

黛安娜好奇地问："你准备做什么？"

"什么都愿意做！只要能达到目标，任何事情我都会做。"

"要当心，"黛安娜警告他说，"保持头脑清醒，查理，别干傻事。不过……"

"不过什么？"

"若有必要的话，有时还是要冒些风险。总之，千万别让亚瑟·威尔登娶露易丝·梅里克！"

注释：

[1]纸型兰花得由制型纸制作，这种纸含有树胶，韧性较高。

[2]《圣经》中提到俄斐（Ophir）是盛产黄金和宝石的地方。

第九章　冯·塔尔家的珍珠

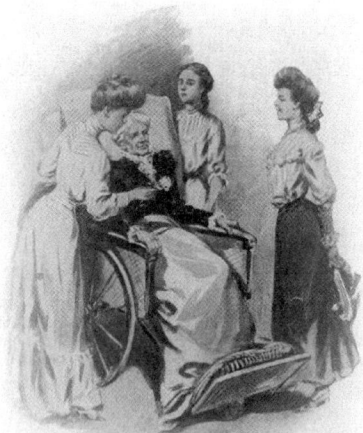

约翰是义卖集会中最乐在其中的一个。为了筹备集会，他可没闲着，除了别人看得见的工夫，他私底下还做了别的准备。他与三位姑娘说，会自己掏钱供应花卉，却没说他真正的计划。她们以为，他只是从花匠那里预订花卉，但这可不是他的做事风格。约翰参观了好几英里内最有名的温室，预订了全部培育出色的花。义卖集会历时三天，每天都有花卉珍品源源不断地送到花卉亭展摊，使得这个展摊备受瞩目，公众纷纷表示惊奇。这些花卉销路甚好，三位姑娘很高兴，她们一跃变身成功的女销售员。几位可爱的卖主当然不知道那些花儿的真正价值。约翰奢侈地订下这些花，但他不愿意告诉三位姑娘花了多少钱，她们只需负责确定客人的需求量。这些珍贵的兰花和稀有的温室植物售价低得离谱，约翰知道后哈哈大笑起来，差点笑晕过去。

公众被"诚挚邀请"参加义卖，约翰也出席了头天晚上的重要活动。最出奇的是，胖乎乎的约翰穿着一尘不染的正式西服，就像裹着香蕉皮一样。道尔少校也跟着乔装打扮，背着手在人群中昂首阔步，一副严肃的模样。花卉亭在大舞厅大放异彩，但他们却找不到能清楚看见展摊的位置。少校觉得他的"心肝宝贝"帕琪真的太了不起了，约翰却为三位姑娘都感到骄傲。因为义卖所得都会用作慈善，所以少校和约翰买了很多东西——大部分都是花，送回家的商品包裹都能装满一辆送货车了。

三位姑娘凭着美丽与优雅在集会上赢得了所有人的心。义卖集会的首个晚上非常成功，三位姑娘尤其成功，只是期间发生了一段不愉快的小插曲。

黛安娜负责印度展摊，她穿了一身东方服饰，淋漓尽致地展现她的性感美丽。为了让自己更抢眼，她戴了一条珍珠项链，那些珍珠是冯·塔尔家独有的，据说无比美丽，在纽约价值连城，其他珠宝都无法与之比拟。

印度展摊离花卉亭展摊很近，黛安娜得以好好地观察三位姑娘。看见由自己引荐的三位姑娘如此成功，她内心极为不快。让她更恼怒的是亚瑟，他一直向露易丝献殷勤。露易丝身穿绣着月季图案的礼服，非常迷人。虽然默肖不愿被忽视，一直倚着柜台聊天，努力想吸引露易丝的注意，但她明显只对亚瑟流露爱慕之情。

黛安娜无奈地看着这一切，内心却不如平常那般冷静。那对情侣的幸福脸庞勾起她心中所有敌意，会耍奸计的她蠢蠢欲动。后来她做了一个举动——事后连自己都不敢相信的举动：她俯下身，解开脖子上名贵项链的系扣，趁没人注意时把珍珠藏在手帕里，然后离开自己的展摊，慢慢走到被热心顾客团团围住的花卉亭。那里许多花瓶和陶罐都清空了，露易丝负责的花卉库存也清空了。当然，她旁边的小抽屉倒是装满了钱。她对黛安娜点头微笑，然后回过头，跟围在身边的年轻男子交谈。

黛安娜优雅地倚在露易丝的柜台上，拿着手帕的手搭在一个道尔顿花瓶上，这个花瓶里只有原用来保养花朵的水。这时露易丝看到她，她示意让露易丝过来。两人凑到一块儿，黛安娜漫不经心地说："这些年轻人都很富有。让他们多掏点钱，亲爱的。"

露易丝笑着反驳道："这岂不是抢劫，黛安娜？"

黛安娜坚持她的意见，低声说："可你就得负责在义卖集会上抢劫，这也是为了慈善。"

露易丝被惹怒了。

她说："谢谢你的建议。"然后她回到那群年轻人中间。

花卉亭展摊呈三角形摆设，三位姑娘分别在三个位置工作。黛安娜正绕着展摊慢慢走，与贝丝和帕琪说说话，然后就回到自己的展摊。

不一会儿，黛安娜与一群熟人聊天，她突然摸摸脖子，然后假装惊恐地呼喊："我的珍珠！"

有个人喊道："啊？冯·塔尔家的珍珠？"

黛安娜说："对，是我们家的珍珠！""不幸"的她似乎很惊恐。

"亲爱的，你把它们弄丢了？"

她附和道："它们不见了！"

这时出现一阵骚动。有人赶紧通知大厅的守卫和早已请来的私家侦探，其他人则慌忙地在摊位搜寻，当然一无所获。黛安娜看起来心烦意乱。这个新闻很快就在集会里传开了。

有位调查官员平静地问："你离开过这个展摊吗？"

黛安娜说："我……我只是去过对面的花卉亭展摊，和梅里克小姐以及其他两位小姐说过话。"

人们继续搜寻，默肖慢慢走过来。

他说："黛儿，怎么回事？听说你丢了名贵的珍珠。"

她把默肖拉到旁边耳语几句。他点点头，然后回到花卉亭展摊，那里正有一群人围着搜寻项链，露易丝和她的两位表妹非常心烦。

"他们真笨，"约翰悄悄对少校说，"珍珠要真丢了，早该被捡走了。"

默肖假装跟其他人一样，专心找寻珍珠，然后故意表现笨拙，用手肘碰倒架子上那个道尔顿花瓶。花瓶摔碎在地，那些丢失的珍珠就散落在洒在地上的水里。

四周一阵尴尬的沉默，所有好奇的目光都落在了露易丝身上。她盯着那些珍珠，整个人似乎石化了。默肖不怀好意地笑笑，捡起失而复得的珍珠，黛安娜跑过来拿走珍珠。

"呃，"侦探耸耸肩说，"这个案件很奇怪，非常奇怪。冯·塔尔小姐，你希望……"

"不！"黛安娜傲慢地说，"我不会起诉任何人，找回传家之宝就够了。"她姿势僵硬地走回自己的展摊。

人群静静散去，只剩下亚瑟、约翰和道尔少校站在那儿，对露易丝三位姑娘表示支持。

"哼，真该死！"富翁约翰红着脸骂道，"难道那些珍珠偷偷潜入那个……"

"当然不是，"少校严厉地打断约翰的话，"只是那个女孩太没教养了。"

"走吧，亲爱的，"亚瑟向露易丝请求道，"我们回家吧。"

"才不要！"贝丝坚决地说，"我们就留在原地，这些花一半都没卖完呢！"

第十章　为爱丧失理智

第二天下午，亚瑟在某个俱乐部碰见了默肖。"你这个无耻之徒！"他喊道，"昨晚梅里克小姐被当成小偷，是你陷害的！"

"有人说她是小偷吗？"默肖轻声问，"我没听说呀。"

"珍珠是你偷的！"

默肖说："瞧你说的！"他悠闲地点燃一根雪茄。

"你和你那做作的表妹是一路货色。"亚瑟愤怒地说，"我们总算看清你们的真面目了，默肖，我们不会再上当了。"

默肖吐着烟圈，盯着亚瑟，"威尔登，你也太无礼了。这是没用的，老兄。要么你管好自己的嘴……"

"哼！有种你就承认吧，懦夫。"

"懦夫？"

"就是你！伤害无知少女的懦夫！无论如何，你这辈子都是懦夫，默肖。没人相信你那假惺惺的改过自新。我警告你，以后离梅里克小姐远点。不然，我亲自教训你。"

两人怒目相视。他们体格相当，亚瑟知道没必要通过暴力打败默肖，会有其他方法对付他的。这次没让默肖知难而退，后来导致亚瑟遭遇更危险的情况，这是默肖也没预料到的。这是后话。

默肖问："你凭什么代表梅里克小姐说话？"

"我是世界上最有资格的人，"亚瑟回答，"她是我未婚妻。"

"哇！确实有资格！她何时答应你的呀？"

"这跟你没关系，默肖。实际上，昨晚你那小把戏让我和她达成一致的想法……"

"我的小把戏？"

"就是你。她不想再见到你。你最好躲远点。"

"我才不信你，威尔登，少在这儿吹嘘。"

"我吹嘘？那你放胆试试再打扰她，你就知道我是否在吹嘘。"

说完亚瑟就走了，留下困惑的默肖在思考他是否在吹嘘。为了找到答案，他叫了计程车，几分钟之内就来到梅里克家。他向管家递上访问卡，请求与梅里克小姐见面。

管家回来跟他说梅里克小姐已经订婚了。

默肖坚持要见露易丝："请告诉她，我有重要事情。"

管家回屋，很快又回来了。

"先生，要传达给梅里克小姐的话只能写下来交给她，"管家说，"她拒绝见你。"

默肖离开，脸都气白了。突然被踢出局，他很惊愕，很失望，快要疯了。露易丝过去几天的冷漠态度也许就是警钟。可他没想到灾难来得如此突然，他竟一败涂地，输得连自尊也荡然无存。为抱得美人归，他花尽心思，不能就此放弃。

他现在最强烈的情绪是对威尔登的怨怒。他咬牙发誓，他输掉了露易丝，威尔登也不能赢。这不是为了黛安娜，是为他自己复仇。

他直接去了黛安娜家，告诉她亚瑟与露易丝订婚的消息。她火冒三丈，但她克制住了，没显露出半点怒气。她看着默肖，平静的目光被长睫毛掩藏着。

"难道没有办法阻止他们吗？"

默肖在她面前踱来踱去，就像被困住的野兽。他双唇紧闭，双眼露出邪恶的火光。"黛安娜，"他说，"在这世上，我最想拥有的是露易丝，任何东西都比不上她。我不能让那个懦夫与她结婚！"

黛安娜突然红了脸，眉头紧锁。默肖羞辱她的心上人，她当然不喜欢。但同样失落的他们现在同坐一条船，这种节骨眼上可不能断绝与默肖的合作关系。

默肖沉默了一会儿，然后又问：

"东奥兰治[1]那乡间别墅还是你的吗？"

"是，但我们都不管它了，父亲不在乎那个房子。"

"那里没人住吗？"

"算是吧，但那房子由薛丽施太太看着。"

"那个老薛丽施？我正想打听这个聪明的太太。"

"她聪明过头了，查理，她知道我们家太多事情了，还总打听与她无关的事，父亲很讨厌她。但她又为我们家服务了很多年，所以只好支走她，让她去打理那房子。"

"这算是退休吧？这可是个好消息，黛儿，或许是世上最棒的消息，这对我们很有帮助。我和薛丽施总能彼此理解。"

黛安娜用冷冷的语气问："能解释一下吗？"

"我不解释了，亲爱的表妹，我不想再咨询你的意见。昨晚你那小把戏搅和了一切，事到如今，一切都是你的错。女人从来都不善用计谋。我知道你想要什么，也知道我想要什么。所以请让我单独完成计划。我会成功的。黛儿，只要你帮我，我必定能成功。”

“你让我暗中帮你？”

“对，这样更好。替我给薛丽施写张便条，让她打理好那别墅，一切都要听我吩咐。”

黛安娜目不转睛地盯着默肖。他低着头，露出邪恶的微笑。他们沉默地坐了一会儿，然后黛安娜慢慢起身，走到写字台旁，拿出纸开始写东西。默肖突然问：“那里有电话吗？”

“有。”

“我离开后，你给她打个电话，确保万无一失。顺便把她的电话号码给我，我要记下来，以后或许用得上。”

黛安娜悄悄撕了便条。

“只打电话好了，”她说，“既然要暗中帮你，我还是别留下蛛丝马迹。”

“你说得太对了，黛儿，”默肖钦佩地说，“可千万别忘了给她打电话。”

“我不会忘的，默肖。听着，永远别说出你的宏大计划，我不想知道。”

“你只想利用我吧？算了，当我没说过。薛丽施信得过吗？”

“为什么信不过？”黛安娜回答，“她生是我们家的人，死是我们家的鬼！”

注释：

[1]东奥兰治（East Orange）是美国新纽泽西州东北部的城市。

第十一章　褐色的豪华轿车

　　义卖集会的第二晚没出现意外，成功吸引了大批上流社会人士。他们都乐在其中。

　　露易丝她们早就到位准备。约翰订的第二批花卉比头天晚上的更多更漂亮。她们销售花卉毫无困难，获得一笔又一笔的慷慨收入，装钱的小抽屉开始鼓起来。

　　许多名流人士都向露易丝微笑、点头或聊上几句。昨晚在空花瓶里发现那些珍珠时，他们琢磨黛安娜饶有暗示意味的指控——大富翁的侄女做出偷珠宝的卑劣行为，他们觉得这实在不合理。在他们圈中，黛安娜本就不是特别讨人喜欢。为得到心头所好，梅里克小姐也许会不惜代价，但她应该足够理智——冯·塔尔家的传家宝轻易就会被认出，她怎么会偷呢？他们的判断是公正的。所以，昨晚的怪事引发纷纷议论，人们都一边倒，支持露易丝。这位刚进社交圈的小姐气质迷人，大家都愿意相信她是无辜的。

　　社交圈里大批人士整晚都围着花卉亭。三位姑娘成绩斐然，她们非常高兴。露易丝很受欢迎，亚瑟也为之高兴，尽管今晚他没能站在露易丝身旁。他适当地离她远点，偶尔还能与她眉目传情。亚瑟从她的眼神里就可以肯定——她的心思几乎没离开过亚瑟。

　　他更高兴的是能盯着默肖。露易丝没理睬默肖，他只能去帮表妹黛安娜，或许他只是在印度展摊附近瞎逛而已。默肖很安静，看他的表情就知道他是在密谋着什么。

　　黛安娜的脸还是毫无表情。昨晚的举动已经破坏了她与三位姑娘间的融洽关系。为了避免被诘问，她离三位姑娘远远的。只要有人走进展摊，她都会亲切有礼地打招呼，就是忍住不看露易丝。

冯·塔尔先生这晚在集会上逗留了一小时。他对集会完备的安排默默表示满意。与女儿聊了一会儿后，毫不知情的他走向花卉亭，慷慨地买了些花儿。这位老绅士明显不知道昨晚的意外，也不知道女儿与她亲自引荐的三位小姐闹僵了。知悉昨晚意外的人饶有兴致地看着冯·塔尔买花。红着脸的露易丝依然镇定地与他互相打招呼，还真诚地感谢他。他冷冷地看了默肖一眼，没跟他说一句话。

他离开时碰到约翰。两人友善地聊了起来。

"冯·塔尔，你帮了大忙，"约翰说，"我非常感激。我的三位姑娘没让你丢脸吧？"

冯·塔尔说："梅里克先生，她们真是非常迷人。无论她们以后走到哪里，都会闪闪发光的。"这是对三位姑娘的高度评价。

晚上活动结束后，亚瑟开着新的褐色豪华轿车载露易丝回家。帕琪和她父亲、约翰和贝丝则舒适地坐着少校的汽车回家。亚瑟和露易丝已宣布订婚，他们的朋友都欣然接受了，两人自然想有独处的空间。

帕琪在路上问："舅舅，你对他们订婚有何看法？"

"当然没问题，亲爱的。"他叹了叹气说，"我讨厌看着你们结婚，但这又是迟早的事。"

帕琪笑着说："晚一点，我会晚一点结婚。"

"我早就发现，"约翰边思考边说，"年轻的威尔登有很多优点，可他也得改正缺点。我相信他能做到的，就跟大多数年轻人一样。露易丝又似乎很喜欢他，那就成全他们吧。

呃，亲爱的，怎么了？"

贝丝慢慢地说："露易丝比亚瑟完美多了。两人都有缺点，但时间会消除这些缺点。现在他们彼此也不苛刻，以后应该能相处融洽。"

"要换作是我，"少校故作神秘地说，"我就不会嫁给威尔登。"

"他不会向你求婚，亲爱的爸爸，"帕琪淘气地说，"他会选露易丝。"

"老早我就知道，"约翰说，"轮不到我为你们挑丈夫了。我想，选丈夫应该由你们自己的品味决定。一个女孩要清楚自己喜欢的类型，否则，选错了就是她的不幸了。你们都可以自己决定，到时候，无论如何我都会支持你们的，亲爱的。你们的丈夫有可能对你们不好，但相信我，舅舅一定会对你们好。"

帕琪坦率地说："噢，我们相信你。"

贝丝也说："当然相信你，亲爱的舅舅。"

星期四晚是这个盛大集会的第三晚，也是最后一晚，更是最好的一晚。所有上流社会人士都出席了。几位聪明的绅士很快就将所有剩下的商品拍卖出去，"抢劫"了大笔善款。接着是传统舞蹈和歌唱表演，表演者和观众都热情高涨，最后大家一起快乐地跳舞，舞会结束后义卖就闭幕了。

跟前两天一样，默肖当晚也出席了，但不太活跃，也没跳舞，这可是他最爱的活动呀。黛安娜发现他频繁下楼，也许是去酒店的服务厅。除了他表妹，没人留心默肖的举动。黛安娜紧盯着他，她知道，默肖冷静的外表下潜藏着被压抑的烈火。

最后，人群开始散去。三位姑娘的展摊关闭后，约翰和少校就带着贝丝和帕琪提早离开。露易丝留下了，与亚瑟跳最后的几轮华尔兹。当晚的工作和激动心情让她疲惫不已，于是她叫亚瑟带自己回家。

"我先去将轿车开来，"亚瑟说，"新来的司机太笨了。你去拿外套，那时我应该准备好了。你再坐电梯下来，我在第三十二大道的路口等你。"

亚瑟刚走到街上，有个男人——从外表看是普通仆人——歪歪斜斜地撞上他。两人弹开，那个男人低声咒骂着，举起手狠狠地给了亚瑟一拳。亚瑟踉跄地后退几步。他本来就容易头脑发热，心中燃起无名怒火的他也挥拳反击。他想都没想过，更恰当的方式是报警。

默肖就在附近，躲在某扇门的阴影里。这场拳头相争很短暂，他竟有时间报警。两位起争执的人迅速被警察牢牢抓住。

警察严厉地问："发生了什么事？"

亚瑟喘着气说："那个醉汉无缘无故袭击我。"

"他撒谎！"醉汉冷静地说，"他先出手的。"

警察说："我要逮捕你们两个。"

"逮捕！"亚瑟愤怒地喊，"该死的，兄弟，我……"

"闭嘴！"警察严厉地说，"跟我走，别说话。"

这时路边恰好停着警车。一切似乎早有预谋。亚瑟大声抗议，但他与那个醉汉还是被塞进警车，警车马上就迅速离开了。

几乎同一时刻，一辆褐色的豪华轿车慢慢地停在路口。

露易丝穿着晚礼服斗篷走出来。她犹豫地站在楼梯上，

盯着街区路口，探寻亚瑟的身影。一个穿着侍从制服的男人向
她走来。

"这边请，梅里克小姐，"男人说，"威尔登先生请你
先上车，他稍后就到。"

他领着露易丝走到轿车旁，打开车门，露易丝想都没想
就上了车。她累得一下子就陷进了座椅里。车门"砰"的一声
突然关上，那个侍从跃进副驾的座位。轿车马上启动，颠了一
下就飞速开走了。

一切来得那么突然、那么可怕，露易丝甚至没来得及发
出一声惊叫。这不出奇，因为她已经累得头昏脑涨了。

躲在一旁的默肖走出来，进了酒店前厅。他露出讥讽的
微笑，然后看看表。他得开车到火车站了。不过，在赶开往东
奥兰治的火车前，他还有点时间在集会上再露个脸。

这时有人拉住他的手臂。

那人平静地说："干得漂亮，先生，手段真高明。"

默肖吓了一跳，盯着一个身材修长、穿着黑色衣服的低
调男人。

"你说什么呢？老兄？"

"我一直在旁边看戏呢，先生。你才是主角，尽管你一
直小心隐藏自己。那个惹起事端的彪形大汉肯乖乖被捕，你应
该帮他交了罚款吧，所以他根本不担心。可那位绅士就没这么
幸运了，这一秒挨了拳头，下一秒就痛苦被捕。你的安排真是
太巧了。"

他没有提到露易丝被绑架。默肖松了口气：绑架一事应
该没被发现吧？他狠狠瞪了对方一眼，转身就走，却被对方抓
住不让离开。

"先别走，默肖先生。"

默肖沉着脸问："你是谁？"

"我是酒店的警卫，我负责监视一切。我早就发现你跟警察聊过，那辆警车在对面街停了差不多一个小时——要是我向警局举报，他们一定很感兴趣，对吧？我还发现，那位受害者一出来，你就向彪形大汉点点头。"

"放开我，先生！"

"你更喜欢手铐吗？那我就逮捕你，去警局解释清楚吧。"

"你知道我是谁吗？"

"当然知道，默肖先生。大概两年前我就因其他事拘留过你，那时你叫瑞德，今晚你最好换个名字。"

默肖焦虑地问："如果你真只是个警卫，为何要掺和进来？"

"被你陷害的先生是我们的客人。"

"他不是，他只是来参加集会的。"

"那便是我们的客人，先生。我们走吧。"

默肖四处张望一下，低声说：

"我只是开个玩笑，老兄，你这样只会误事儿。来，拿着。"默肖从口袋里掏出一沓钞票说："大家都别浪费时间，我很忙的。"

警卫轻声笑笑，推开钞票。

"你当然忙了，先生，你刚才非常忙碌！但警局的警长会让你休息的。听着，默肖先生，我认识你买通的那个警察，他是个厚颜无耻的新手。他会丢掉工作的，这是他为今晚付出的代价。还有那辆警车，我报警时它总不来，它似乎只听你的话，这些你都得解释清楚。准备好上警局了吗？"

默肖神色黯淡，但他还没彻底失败。幸亏这个笨手笨脚的警卫没看到露易丝离开。他在这节骨眼上被捕实在不幸，但不会影响他精心的安排。他觉得，最好还是乖乖跟这个"便衣"走。

默肖被领进警局时，亚瑟疯了一样要求释放自己。看见默肖这个无赖，亚瑟很惊愕，心里顿生无数个可怕的念头。那个华尔道夫酒店的警卫似乎与警长交好，他简明扼要地将看到的事实告诉警长。默肖不承认警卫的指控，那个彪形大汉也不承认与默肖串通，逮捕亚瑟的警官和警车司机也冷静否认指控，还编了另一个故事。

警长却有自己的判断。他看看默肖，拒绝让他保释，然后让可疑的警官和警车司机停职接受调查。他为亚瑟写了保证书，放了亚瑟。亚瑟答应，日后若需要传召他，他愿意出来作证。

然后，酒店警卫和亚瑟一同回去华尔道夫酒店。

亚瑟焦虑地问警卫："我被带走不久后，你看到有位年轻小姐站在路口吗？"

"她披着玫瑰色晚礼服斗篷吗？"

"对！对！"

"哦，她上了一辆褐色的豪华轿车，然后离开了。"亚瑟松了一口气。

"谢天谢地，我的司机总算做对了一次，"亚瑟说，"我原来还信不过他。不管怎样，只要梅里克小姐安全就好。"

"啊！"警卫突然停下说，"我现在才看清事情真相，我们都太傻啦！”

亚瑟紧张地问："什么意思？"

"为什么默肖恰好在那一刻让你被抓？"

"因为他恨我吧。"

警卫问："告诉我，他该不是想诱拐那位年轻小姐——也就是绑架她吧？"

惊恐的亚瑟颤抖了一下。"不会吧？"他喊道，"他可是做尽坏事的人！赶快回酒店！老兄，快！我们得飞回去！"

第十二章　福格蒂

亚瑟的轿车正停在华尔道夫酒店附近。街上行人寥寥无几，集会最后离开的人都回家了。

亚瑟向他的司机跑去。

他急切问道："你把梅里克小姐带回家了吗？"

"梅里克小姐？我没看到她呀。先生，我以为你把我忘了。"

亚瑟心一沉，他要绝望了。警卫仔细查看他的轿车。

"威尔登先生，两辆车几乎一样，都是褐色，外表也差不多。"他说，"八九不离十，载走年轻小姐的车是另一种型号。"

"什么型号？"

警卫摇摇头。

"这我就不知道了，先生。我当时真犯傻了，脑子里想的都是你被袭击，还有默肖的奸计，没注意到其他事情。"

"你能跟我走吗？"亚瑟问，"能帮我查清这件事吗？"

"不行，先生，我得在酒店坚守职责。或许那位小姐已经安全到家了。我们当时都不清楚状况。若她真被绑架了，你最好去找福格蒂。"

"福格蒂是谁？"

"这是他的名片，先生，他是个私家侦探。他现在可能很忙，但找到他就等于找到了全纽约最好的帮手。"

亚瑟跳进副驾驶的位置，轿车以最快速度赶到梅里克家。梅里克太太得知女儿失踪，马上变得歇斯底里，亚瑟好不容易才打电话叫来医生。接着他让司机开车到道尔家。他叫醒约翰和少校，还穿着睡衣和浴袍的两人便得知露易丝失踪的不幸消息。

他们马上开始商讨对策。约翰不安得直发抖，亚瑟无法思考，唯有少校保持冷静。

"先想想，"少校说，"默肖为何要掳走露易丝？"亚瑟犹豫一下。

"可能想阻止我们结婚吧。"亚瑟回答，"默肖认为他爱露易丝。他曾大献殷勤，可露易丝与他划清界限了。"

"即使将露易丝与朋友、未婚夫分开，他也无法得逞。"少校说，"别担心，我们迟早会找到她的。"

"怎样找？"约翰喊道，"他会不会杀了她，或做出其他蠢事？"

"怎么会呢，约翰，他现在被牢牢关在监狱里，不能杀人。"少校回答说，"也许他原想跟踪露易丝，然后绑架她，不择手段地要她嫁给自己。可他现在做不了坏事。"

"这只是暂时的。"亚瑟担心地说，"明天早上他肯定会被放走。他很无赖，可他有很多厉害的朋友，一旦他被释放……"

"我们就得跟着他。"机智的少校点点头说，"如果他真爱露易丝，他就不会伤害她。你们别太紧张，无论我们可怜的小姑娘被带到哪儿，她暂时都是安全的。"

"她该多害怕、多痛苦！"约翰捏着胖乎乎的双手喊道，"可怜的孩子！默肖要胁迫她，要伤透她的心！"

少校承诺："我们会阻止他的，约翰，别害怕。我们得先找个厉害的侦探。"

亚瑟边找名片边喊："福格蒂！"

"谁是福格蒂？"

"我不知道。"

"要最好的侦探！"约翰发狠，"要不惜一切代价。必要的话，请一个团的侦探，我会……"

少校笑着打断约翰："你当然会请。但不需要那么多。我们现在肯定占了上风。"

亚瑟解释："有人力荐福格蒂。"他把酒店警卫说的告诉了他们。

约翰建议："马上去找他吧，现在几点了？"

"已经过了两点，但我还是要马上去找他。"

少校说："去吧，一有消息就通知我们。"

亚瑟问："帕琪在哪儿？"

"她睡得很熟。记住，约翰，这件事一个字儿也不许向她提起。"

"我该走了。"亚瑟匆匆离开。

他手中的名片指示福格蒂住在第十一大道。他的车快速开进城里。他的司机客气地问是否要"通宵工作"，亚瑟野蛮地回答说也许要连续工作一周。"琼斯，你看不出来我惹上大麻烦了吗？"亚瑟说，"你会获得额外酬劳的。"

"那没问题，先生，很公平。"司机说，"要是真有个小姐被绑架了，那可与我无关。"

还好亚瑟够冷静，收住脾气才没将琼斯踹出车外。五分钟后，他们停在一片墙面陈旧的住宅区前，还找到了福格蒂的门牌，门铃上面有写着他名字的卡片。亚瑟点燃火柴，借光看清卡片，急切地按铃。

无人回应。

亚瑟再按一次，隔一会儿再按。他心里突然很害怕。如果福格蒂不在，现在上哪儿去另找一位侦探呢？但只要有一丝希望都得坚持到底。他继续按铃。

琼斯探出头说："抬头看，先生。"

亚瑟后退到石头台阶上，抬头。开着的窗户里有一点火星，好像有人在抽雪茄。他凝视窗户，火星烧得更红，照亮一个男孩苍白的憔悴脸庞，男孩顶着一头蓬乱的砖红色头发。

"你好！"亚瑟说，"福格蒂先生住这儿吗？"

男孩有些讽刺地回答："他是这里的租客。你想干吗？"

"我想找他，他在吗？"

男孩回答："在。"

"我有急事，必须马上见他。小伙子，能帮我叫醒他吗？"

男孩说："等一下。"他离开窗口旁，很快就下来开门，然后轻轻溜出来，又关上门。

他淡定地轻声说："上车说吧，那样说话更方便。"

亚瑟不满地说："我必须马上见福格蒂！"

"我就是福格蒂。"

"Q·福格蒂？"

"昆塔斯·福格蒂。第一个、最后一个、唯一叫这名字的人就是我。"

亚瑟犹豫了，他很失望。

"你是侦探？"

"职业侦探。"

"可你年龄很小啊。"

男孩笑了起来。"侦探不是老古董，先生。"他说，"但我是个地道纽约人。谁介绍你来的？"

"为何这么问？"

"我累了。我连续忙了二十三个星期，昨天才结案。我需要休息好长一段时间。如果你需要帮忙，我向你推荐一个朋友。"

"是华尔道夫酒店的戈尔曼叫我来的，他说你会帮我。"

"哦，是他。我可以帮你。事情紧急吗？"

"非常紧急。不超过三小时前，我未婚妻被绑架了。"

福格蒂又点燃雪茄。在火光映照下，亚瑟看见年轻的侦探脸上有很深的皱纹，冰冷的灰色双眼呆呆看着他。

他再次要求："上车说吧，先生。"

关上车门后，男孩请亚瑟"说清来龙去脉，不能遗漏任何细节"。亚瑟连忙说出晚上的事，还将默肖的一切以及他和露易丝的关系告诉对方。

没讲到一半福格蒂就说："让你的司机开车到警局。"

亚瑟在路上迅速说清情况，拼了命让福格蒂熟悉一切。期间福格蒂没说话，也没问任何问题。等亚瑟说完他才问了几个关键问题。很快他们就到了警局。

值班警务员恭敬地向福格蒂鞠躬。在昏暗的灯光下，亚瑟第一次能好好看清福格蒂。

他个子小，很瘦。从面容看，他大概十八或十九岁，可脸上有很深的皱纹，表情也很严肃。他的头发乱蓬蓬，穿着的亚麻服饰质量上乘，很整洁，戴着苏格兰式无边帽，领带上别着U形针。

他看起来像个跑腿的，或像小职员、司机、售货员或马车夫，他与几乎所有工薪一族一样。亚瑟想，他也许会是个出色的侦探，但他性格倒不像个出色侦探。

侦探问值班警务员："默肖在吗，比利？"

"在二十四号房。想见他？"

"现在不需要。他大概什么时候能离开？"

"帕克接我班以后吧。有个混蛋一直想替他顶罪，我还不能不让他打电话找帮手。但我也不是容易对付的，昆塔斯。这位绅士边发誓要报仇边睡了。"

"说得对，比利，默肖就是流氓绅士。"

"没错，一颗上流社会的老鼠屎。"

"他想用什么名字洗罪？"

"史密斯。"

"帕克会让他交罚金离开吗？"

"对，或许罚金也省了。帕克六点钟会来。"

"好。我要在那长椅上躺会儿。别让默肖跑了，比利。"

"去我房间睡吧，里面有张简易床。"

"谢谢，老兄。我这就去，我快累死了。"

福格蒂把亚瑟叫到一旁。"你回家睡会儿吧。"他建议道，"别担心，在默肖离开前，你未婚妻会安全待在她被藏的地方。我会跟着他到那儿，也会尽量带上你。"

亚瑟问："福格蒂先生，你一个人能应付吗？"他心有疑虑。这个男孩看起来太年轻了。

"比带着一百个助手更容易应付。你不信吗？这工作很简单，威尔登先生。我还能趁机休息一下呢。"

"你不会跟丢吧？"

"一定不会，我已经锁定他了。"

亚瑟紧张地说："这对我来说很重要，先生。"

"是，对其他人也很重要，对福格蒂来说最重要。别担心，先生。"

侦探这样承诺，亚瑟只好离开。他回家后没有睡，茫然在想：福格蒂看上去不太可靠，选他明智吗？可怜的露易丝会在哪儿？她是不是很恐惧？

第十三章　合作破裂

帕克六点钟接班执勤时，查理·默肖轻松离开了监狱。他上了出租车，马上回到布鲁塞斯特尔酒店。福格蒂跟在他身后。

默肖在褐色的书房里脱掉礼服，泡了个澡，换上便装。几个小时前，露易丝就被安全送达东奥兰治，由可怕的薛丽施照顾她。默肖不能马上赶过去，因为他昨晚被捕，计划的一半被揭露了，这让他很困扰。在耍阴谋诡计甚至犯罪这方面，默肖可不是新手。他觉得，露易丝的朋友一定在想尽办法找她，可他们一定找不到。他的计划那么大胆，聪明的他也消除或掩盖了所有线索，即使最有经验的侦探知道他绑架了露易丝，也极难找到她。

说到侦探，默肖想起他有可能被跟踪。这对要寻找露易丝的人来说最合理不过了。他们也许无法证明默肖谋划了绑架，但亚瑟被捕后，他们很可能会怀疑默肖。如果他现在就去找露易丝，有人很可能会跟着他找到露易丝。默肖心想，他最好小心点，等没有侦探跟踪时才行动。

理清思路后，默肖决定按兵不动。到了八点钟，他在酒店餐厅吃早餐，福格蒂则占了他身后的一张桌子。

用餐时，默肖想起应该给薛丽施太太打个电话，确保露易丝已经安全抵达，而且没有引起陌生人注意。吃完早餐，他走到电话亭，准备拨号时，他突然想到了什么。他透过电话亭的玻璃门环顾四周，十几双无所事事的或好奇的眼睛正看着他，其中可能就有侦探在监视他。如果使用这电话，他拨打的号码就有可能被查到。不能在这里打，千万不能！他决定离开电话亭。接着，他买了一份早报，悠闲地坐着看报，忍住不去找寻关于露易丝被绑架的新闻标题。如果真看到了，也不能表现出急切的样子，因为可能有人正怀疑自己呢！他相信一切尽在掌控之中，而且要一直掌控大局。

　　福格蒂对默肖的超强戒备心感到心烦。要让默肖自投罗网可不是容易的事。年轻侦探靠着宽大皮椅的舒服软靠垫，心里觉得案件变得有趣多了。默肖没急着让事情发展到高潮，这让福格蒂很高兴，一段持久的追踪之旅从来不是坏事。

　　默肖想了很多办法。他决定去找黛安娜，然后让她给薛丽施太太打电话，问问露易丝的情况。黛安娜即使知道他做了什么，也不会威胁到他。黛安娜也一定在怀疑他了，她不是共犯吗？但他很聪明，决定等到下午行动。他还散步到百老汇，在大街上悠闲地逛来逛去，不时停下来买点东西，还不时突然转身，看看有谁在跟着他。他根本不懂如何识别侦探，他太自以为是了，以为没有人在观察他的一举一动。

　　默肖回到酒店，睡到下午一点以后才起来。昨晚他待在简陋的监狱里，几乎没睡过觉。差不多两点他才再次现身酒店的餐厅。他午餐胃口可好了。

　　福格蒂在安静的角落里慢慢用餐，为自己补充能量。默肖尖锐的目光注意到福格蒂，他记得早餐时见过这位年轻人。这是高消费水平的高级酒店。他看年轻人的着装，觉得他不像这里的客人，于是暗暗将福格蒂列为潜在的侦探。他心里已经在怀疑其他几人了，福格蒂只是新增添到怀疑名单上而已。

　　默肖真是个一流演员。午餐后他在酒店里四处闲逛，有时凝视窗外，有时假装犹豫不决地看表，过了很久才叫门童帮他叫计程车。他出发去中央公园，又改变主意，让司机载他到冯·塔尔家。一下车他就被黛安娜叫到私人会客厅。

黛安娜异常不安地在房间里踱来踱去，不时紧张地拧动细长的手指，眯着怒得发红的双眼，露出一丝凶狠的目光。

默肖问："黛儿，出什么岔子了？"平常镇定自若的表妹居然会如此激动，真让默肖大吃一惊。

"岔子？"她回答，"所有事情都出岔子了。你毁了你自己，查理。现在无论我要怎么做，你都会把我拖到这犯罪泥潭中！"

"哈！别傻了！"他淡定拉过来一张椅子。

"我傻？"她冲默肖激动地喊，"我会傻到冷静去犯罪，然后让自己身败名裂？"

"到底什么事让你那么恼怒？"默肖疑惑不解地问，"我觉得一切都进行得很顺利呀。"

"哦？是吗？"黛安娜讽刺地说，"看来你的情况比我好呀。今天早上三点，他们打电话问我知不知道露易丝去哪儿了。为什么要问我这些？为什么？"她激动得直跺脚。

"我想，"默肖说，"他们给所有认识露易丝的人都打电话了吧。如果她真失踪了，他们四处打电话是很正常的。"

黛安娜冲默肖喊："你过来！"她抓住他的手臂，把他拉到窗户旁。"看看窗外，小心一点，别露出你的脸。看到角落里那个男人吗？"

"他怎么了？"

"天刚亮他就在我家附近巡查，他是侦探！"

默肖吹了声口哨。

"黛儿，你为何会这么想？他们为什么要怀疑你？"

"为什么？因为我那声名狼藉的表兄策划了这次绑架，而且他没咨询过我的意见，还……"

"哎呀，别这样，黛儿，你有点太……"

"还因为露易丝被带到东奥兰治，冯·塔尔家的别墅——我的别墅！还因为我自己的仆人在看守她，还……"

"他们怎么可能知道这些？"默肖不耐烦地打断她，"还有，你怎么知道这些？"

"薛丽施太太早上五点钟打电话给我，那时露易丝的大伯和一群警察才刚离开我家，而且那是他们第二次来问情况了。薛丽施心情可差了，她说她像看囚犯那样看着露易丝，默肖先生要求在他到来之前要保证那女孩的安全。她说我们利用她，她彻底被惹怒了，还说除非我承担全部责任，不然她就不听你的吩咐。"

"你怎么跟她说？"

"我说我对此事一无所知，别墅和她都由你差遣。我说无论你要干什么，我不会承担任何责任。"

默肖沉着脸，神情黯淡。

他紧张地问："这个老太婆不会背叛我们吧？"

"她不可能背叛我，因为我什么都没做。"她突然转过身来说："查理，我才不会搅和到这趟浑水中。你自己去实现那无耻的计划吧。我对你做了什么一无所知，也不知道你接着要做什么。你听明白了吗？"

默肖露出狰狞的微笑。

"我真没想到啊，可爱的表妹，你竟被吓成这样，还要在我们胜算在握时退出。你以为我不知道自己在干什么吗？

你以为我没想过后果就贸然行动吗？难道我没想过可能会失败吗？到目前为止一切都很顺利，黛安娜，你的担心实在多余，这对你也没有益处。我做的对你绝对有加倍的好处。请你想想事情会如何发展：露易丝离奇失踪，在她重新回到家人和朋友身边时，她要么就做了我妻子，要么威尔登就不愿再娶她，他就只能仰慕你了，对吧？亲爱的表妹，你的愿望已经实现了。但不得不承认，我的任务就困难多了，因为太棘手了。"

这番冷血无情的话让黛安娜不禁打了个哆嗦，她有些恐惧地望着默肖，问道："你的任务是什么？"

"当然要先消除露易丝的恐惧，然后跟她说些关于威尔登的坏话——你可以认为那是谎言，让她的心转向我。接着我诱导她，让我真诚地为她戴上戒指。我要让她知道，我忠诚地爱着她，我要说服她，必要时就威胁她，用尽手段获得她的认可。"

黛安娜斩钉截铁地说："你不会成功的！"

他满不在乎地说："那我就试试其他方法呗。"

黛安娜威胁说："你这个恶魔！要是你敢，我就揭发你。"

"你都与我断绝合作关系了，我就不会再信你了，可爱的表妹。你说过，你对我的所作所为一无所知，那我就不必告诉你我要怎么做。"默肖站起来，走到黛安娜面前，坚决、无情地望着她说："听着，黛儿，我已经回不了头了，哪怕要赌上我的性命和自由——甚至你的性命自由，我也要完成计划！我爱露易丝·梅里克！没了她，全世界都见鬼去吧！我活着的意义只有露易丝，只有她！她要成为我的妻子，黛安娜——我发誓，无论如何她都要成为我的妻子！"

他越说越激动，说话音调都高过黛安娜的音调了。他捂着额头，让自己镇定下来，浑身哆嗦了一下，然后又坐下来。

默肖狂暴的情绪让黛安娜很惊愕。黛安娜好奇地凝视默肖，过了一会儿，她问："你仿佛说得自己无法无天——仿佛所有社交圈都不会反对你。你想过这样做的代价吗？你想过这次罪行的后果吗？"

"我没有犯罪，"他固执地说，"在爱情和战争中可以不择手段。"

"法庭可不这么认为。"黛安娜说，"露易丝的朋友都是厉害人物，要是你败露了，他们不会放过你。"

"要是我失败了，"默肖慢慢地说，"我才不在乎他们要怎么对付我，因为失去了露易丝，我的生活就是一片空白。你一个无知女子在这里嚷嚷什么，我没什么好绝望的，一切都如我所料，一切都顺利。"

黛安娜很不屑地说："那我该替你高兴了，对吧？不过请理解我，先生，这一切真的与我无关。可你若伤了那女孩一根头发，我一定会告发你。你不许再来找我，我也不会再见你。你今天就不应该来的。"

"我像平常那样来探望我的表妹，有何不妥当吗？"

"在这种节骨眼上很不妥。近几年我家都不接待你了，我的父亲依然瞧不起你。你还给我惹上其他麻烦，父亲今早似乎怀疑我了，还若有所指地问我是否了解绑架的内情。"

"你肯定跟他撒谎了吧？好吧，黛安娜，或许我们的联盟再也没用了，从这一刻起我让你退出。这终究是我的战争，我会孤军奋战到底。可是，我需要更多的钱，你也应该愿意付给我吧。到现在为止，事情都朝着你想要的方向发展。"

黛安娜从桌上拿起一沓钞票。

她说："这些足以结束我们的合作关系，查理。"

"非常好。女人不适合当阴谋家，却是个不错的提款机。"

"我不会再给你钱了，这些钱结清我们之间所有的买卖。"

"我原以为你很勇敢，黛儿。可你和其他普通女人一样脆弱。"

黛安娜没有回应，只是一动不动地站着，不屑地看着他。默肖笑笑，满是讽刺地鞠了一躬就走了。

第十四章 “巧遇”

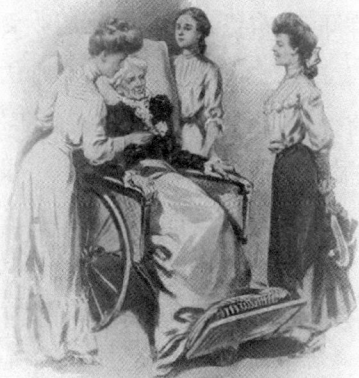

离开黛安娜家，默肖把大衣扣子系到下巴，因为天气实在太冷了。他朝四周迅速瞄了一眼，黛安娜怀疑的那个侦探还在角落里闲逛。街上没几个人。默肖敢肯定，那人在监视黛安娜的房子以及里面的一举一动。默肖皱着眉头想，这迹象可不妙。

他来时已经让计程车离开了，现在大步往前走，迅速拐过街角，轻快地甩动手杖。他看起来不像要逃亡的人。到了下个街区，他走过一个年轻人身旁。年轻人站着，专注地看着药店橱窗里的常规摆设。

默肖被吓了一跳，但没有马上停下。又是那个脸色苍白的红发年轻人！在酒店碰见过两次！警觉的默肖知道这不是巧合，没走几步他就明白了。

默肖又走到一个十字路口，他停下来耐心等车。他回头看，年轻人还在饶有兴致地看着药店橱窗。有谁会这样仔细研究药品？默肖接着乘车离开。年轻人还在原地。大约二十分钟后，默肖回到布鲁赛斯特尔酒店，又看见那个怪人，他正坐在大堂里看报纸，可他分明在留心别的事情。

默肖犹豫一下，然后快速到年轻人旁边坐下。年轻人翻了一下报纸，很随意地看了默肖一眼，继续读报。

默肖低声说："你是侦探。"

福格蒂放下报纸问："谁？我吗？"

"没错，你的年龄差点把我骗了。我以为你是个送报的，或者只是从乡下来的小屁孩，但你比外表看上去要老。真是什么人都兴冲冲地想当侦探。你在跟踪我吧？"

福格蒂很真诚地笑笑。

"我可能是一位律师，先生，"福格蒂说，"我该指控你为何无端盘问我。"

默肖也讽刺地说："或许你只在这里吃早餐和午餐。这里的大厨很不错吧？不，肯定不是这样，你心里清楚。我去探望亲戚，你就跟着我出城。我出了亲戚家，你就在看药店橱窗里的彩色眼球。怎么会有人请毫无经验的男孩办事？说的就是你，要发现你太容易了。你还蠢到赶在我之前回到酒店。现在，我的盘问成立吗？"

福格蒂淡定地问："那你为何会被侦探跟踪？"

"小子，我真不知道。昨晚在华尔道夫酒店外发生了一件不太愉快的小事，本来跟我没关系的，却让我受了罪。好管闲事的警卫抓了我，害我在牢里痛苦地过了一晚。警局不能证明我犯罪，早上就放了我。现在侦探却跟踪我，什么意思？想在清白市民身上强加莫须有罪名？太烦人了，我是无辜的，我真的被陷害了。"

侦探冷冰冰地说："我明白，先生。"

默肖沉默片刻，他接着问："你被派来做什么？"

令人惊奇的是，福格蒂竟坦白承认自己是侦探。

"确保你不再做恶作剧，先生。"

默肖问："你还要荒谬地跟多久？"他有些生气了。

"得看你的表现，默肖先生。我可判断不了，我这么年轻——还没经验。"

"谁雇你来的？"

"哦，我只是中介派来的。"

默肖问："你收了很多钱吗？"他注视这位缺乏自信的

年轻人，似乎在考量他的实力。

"不是很多。呃，要是我本领再高点，你就不能那么快发现我了。"

"跟世上所有人一样，你也在乎钱吧？"

"那当然，先生。干活儿都是为了赚钱。"

默肖将椅子向福格蒂推近一点。

"我也需要一个聪明的侦探，"他悄悄地说，"我现在很担心，很想知道谁在背后这样害我。呃——我雇你——雇你帮忙是不是不可能？"

福格蒂变得很严肃。

"听着，先生，"他回答，"若我放弃现在的任务，中介以后可能就不再给我任务了。我想当成功的侦探，得跟中介保持良好关系。"

"这好办，"默肖断言，"你假装继续执行任务，但可以回家放松一下。我每天给你汇报我干了什么，你就能汇报给上司了。然后你每天可以花几个小时，找出烦扰我的幕后主使。我给你高于中介四倍的酬劳。怎么样？呃——你贵姓？"

"赖尔登，叫我赖尔登。这不行，默肖先生。"福格蒂微笑着摇摇头，"我没法帮你。我现在的任务很简单，换个难的会有风险。"

福格蒂的语气让默肖有些生气。

默肖暗示说："可我给的酬劳……"

"说到酬劳，如果未来五十年我都要做侦探，一年轻松就赚两千美元，五十年就有十万美元。为了我未来的事业，你付得起吗？"

默肖咬咬牙，心想，这小子不简单，至少他不像表面上那么孩子气。他也许在引诱自己上当，他心里可能还为这贿赂偷笑呢。默肖觉得更糟糕了。

默肖不怀好意地说："你都被我发现了，你的中介还是会把你撤掉的。"

"噢，当然不会，"福格蒂说，"中介不会这么做的。现在只会让事情变简单。先生，我可擅长伪装了，很多人都知道的。可我这次没伪装，你都知道我的真实身份了——是我做得不太好。"

"你为什么这么粗心？"

"不是粗心，这是预先安排好的。让你知道我身份倒没关系，我唯一要做的是确保你在我视线范围内。无论我是赖尔登或伪装成其他人，同样能完成任务。"

默肖想问他到底想查什么。话刚到嘴边他又吞下去了，他不想开口谈露易丝失踪的事。既然不能贿赂或利用对方，默肖只好结束这次交谈。

"我要到房间写几封信。"福格蒂微笑着，边说边打了个哈欠，"你要在我寄信前看看里面的内容吗？"

福格蒂又露出孩子般的愉快笑容。

"要是你做侦探，你一定会非常成功，默肖先生。"福格蒂说，"你可以考虑一下这个职业，这工作更安全、更赚钱。"

被讽刺的默肖怒视对方，什么都不说就走了。福格蒂看了一眼暂时退缩的默肖，他耸耸肩，继续读报。

日子一天天过去，默肖没能进一步行动，他渐渐觉得自己被困住了。无论他想去哪儿，总发现福格蒂无声无息、警惕地跟着。很明显，他是想跟着默肖到绑架露易丝的地方。

某种程度上，默肖觉得一直被监视也未尝不是好事，这说明露易丝藏身的地方还未被发现。但他必须设法甩掉这个"影子"，方能继续行动。被迫休息的默肖想了好多看似绝妙的办法，但它们都没可行性，只能被放弃。

一天下午，默肖在闲逛，恰好碰到在华尔道夫酒店外袭击亚瑟的彪形大汉，他之前表现出色，默肖付了他大笔钱。默肖拦下他，然后匆匆张望几眼。福格蒂还在后面的街区。

"听着，"默肖对彪形大汉说，"我想让你帮个忙。要是你手脚麻利，我会给你优厚的酬劳。"

彪形大汉咧嘴笑着说："我需要这笔酬劳，默肖先生。"

"有个侦探在跟踪我，他就在后面——就那个男孩——在烟草店前面，看见了吗？"

"看见了。那是福格蒂。"

"他叫赖尔登。"

"不，他是福格蒂。他可不是普通男孩，先生，他是城里最狡猾的侦探。他很厉害的。"

"不管他是谁，你必须搞定他，弄走他，帮我拖延三小时——两小时吧，至少一小时。帮我摆脱他就行。能做到吧？我会给你一百美元。"

"要两百，默肖先生。要纠缠福格蒂可是很危险的。"

"那就两百吧。"

"你大可放心，"彪形大汉说，"我认识他，知道怎么对付他。你就盯着他，就像他盯着你那样，默肖先生。要发生情况了，你要逃得比跳蚤还快。我会用那两百美元帮自己脱险。"

默肖继续往前走，福格蒂还在很远的地方，他清瘦的脸上露出顽皮的微笑。默肖和彪形大汉都没看见这微笑。

第十五章　午夜狂奔

露易丝上了褐色豪华轿车的一刻，她理所当然地以为那是亚瑟的车，万没有想到有人要加害自己。在这个特别的夜晚，她真的很开心，尽管义卖的工作让她很疲惫。年轻的她迎来第一个人生巅峰，她欣然接受。她认为自己如此深爱亚瑟，定能成为他的妻子，可以事业爱情双丰收。

她与亚瑟订婚的消息已经在密友间传开了。她和其他年轻女孩一样，对此感到很自豪、很得意。

她在义卖集会上格外受到青睐，三位姑娘的义卖又那么成功，真是双喜临门。在名流圈里，大家都对这位新人很友好、体贴。黛安娜也渴望获得亚瑟的爱，想痛快地夺回亚瑟，所以只有她蔑视露易丝。晚会最后的小舞会也让露易丝玩得很尽兴，那时她对目前的一切都还心满意足。单纯的她还沉浸在兴奋中。她去找亚瑟，对即将发生的危险浑然不知。这时她根本没想起默肖。他一直在烦扰她，对她很无礼。她谴责默肖，将他从自己生活里打发走。她应该记起曾经对默肖说过几句情话，还给他机会说了些热情却烦人的言语。她天真地以为调情是女人的权利，不会伤害到别人。义卖集会上，她看见默肖对其他女人漠不关心，也不搭理她，她很高兴，以为自己终于摆脱了默肖。

当陌生男人让她上轿车时，她也乖乖听从，因为他说亚瑟很快就会来。车门关上、轿车开动的一刻，她有种想大喊的冲动，可她没喊出来，以为亚瑟会在某个路口等着上车。

车一直往前开，她依旧看不到亚瑟的身影。"到底发生什么事了？"露易丝心想，"难道亚瑟临时有事，所以派人先送她回家？"她感到很不安，想问司机却找不到车上的传话筒。轿车嗖嗖地开得很快，夜色似乎越来越暗，偶尔闪过几盏路灯。

突然，车速减慢，然后停了片刻，接着又慢慢开上一个木质平台。露易丝听到叮当作响的摇铃声，接着是一声口哨，还有水轮转动的声音。她觉得自己一定在渡船上，开始感到情况不对。

这时，那个侍从打开车门，她的猜测得到了证实。

露易丝几乎要情绪失控了，她问："我们在哪儿？威尔登先生在哪儿？"

"他在船上，小姐，你马上就能见到他了。"那个仆人恭敬地回答，"威尔登先生说他很抱歉，给你带来困扰了，梅里克小姐。但他说很快就会跟你解释清楚，你会明白他为什么留下你一个人。"

心情急切的露易丝有很多问题想问，但他说完就轻轻关上了车门。现在已经很晚了，她最想知道为什么要坐渡船，而不是直接回她家。

虽然她脑子里有很多疑问，可她并没有想到自己被绑架了。她一定要等亚瑟亲口解释这些奇怪的安排，于是她安静地坐着等他来。这时渡船正缓缓驶向泽西海岸。

渡船靠岸，打断了露易丝的沉思。亚瑟还没到吗？车外声音嘈杂，很多汽车正从船上开出，咔哒咔哒地开过连接在岸上的平台。但亚瑟还没出现。

露易丝又想找车上的传话筒，还是没找到。她想用力打开车门，可轿车猛地就往前开动了，她被往后一甩，倒在靠垫上。

她明白了，自己大概被那个侍从骗了。她终于知道现在有多危险了，肯定出事了。想到这儿，忧虑侵占了她的内心。她用尽全力敲打车窗，声嘶力竭地叫喊，可是都不管用。

轿车很快就开到了一条昏暗的道路上。她的叫喊声根本无法穿透这个玻璃囚车，附近也没有人会来救她。

露易丝现在才想起，在渡船上无所事事地坐着有多傻，如果她那时求救，船上的二十几位乘客肯定会帮她。抓她的人实在太狡猾了，居然能在那个关键时刻消除她的恐惧与戒备。现在好了，喊救命已经太晚了，她也不知道要被带到哪里，更不清楚为何会被抓走。

不一会儿，露易丝就发现这根本不是亚瑟的轿车。首先，这辆车上没有传话筒；其次，亚瑟车上有个皮制口袋，被她用来放面纱和外出用的手套，她往前挪动，却根本摸不到这车上有皮制口袋。

她莫名地恐惧起来。她也不知道该担心什么，但就是对一切都恐惧。她再次试着大声求救，接着就晕倒在靠垫上了。

露易丝不知道自己晕倒了多久，醒来时轿车还在快速前进。道路变得很颠簸。她知道车开到了乡下。

尽管轿车前灯很亮，露易丝只能看见窗帘外一片漆黑。她很虚弱很气馁，即使能逃，她也没有力气逃了。她脑子里闪过一个想法——打碎车窗然后用力扑出窗外，可她只能放弃这个念头，她根本没有力气做如此绝决的尝试。

轿车还在继续走。这段沉闷的旅程不会没有终点吧？她还要坐着忍耐多久？等待她的是什么？要等多久才有人解开这场午夜狂奔的可怕谜底？

　　她内心最后只剩下无尽的绝望。这时，轿车驶到了一段平坦的道路上，开始减速慢行，期间还停了一两次，司机似乎不太确定方向。可他们还是继续前行，不久就进了一条私人车道。过了一会儿车又停了，还停了很长时间。

　　露易丝沮丧地倚着靠垫，把脸埋在被泪水浸透的手帕里啜泣。囚车的门终于开了，一束光照到她身上。

　　"我们到了，小姐。"那个侍从说，他的语气依然平淡恭敬，"需要我扶你下车吗？"

　　她不知哪来的勇气，急着站起来，自己下了车，惶惑地看着四周。

　　轿车停在了一间不算特别气派的乡间别墅前。别墅的大厅里亮着灯，宽阔的门廊上也亮着灯。四周一片片的树林和灌木笼罩着别墅，看起来昏暗又阴森。

　　露易丝问："我在哪儿？"那个侍从伸手去扶她，她傲慢地后退几步。

　　"你的目的地，小姐。"侍从回答，"请进。"

　　她坚决地说："不！除非有人解释一下这莫名其妙的安排！"

　　她瞥了一眼别墅，大厅的门开了，有个女人焦虑地窥视门外。

　　露易丝突然决定走上台阶，向那个女人走去。她觉得，在这种危急关头下，任何出现的女人都是救星。

　　"你是谁？"露易丝急切地问，"我为什么会被带到这里？"

　　那个女人带着外国口音说："小姐请进，外面的夜晚很冷，对吧？"[1]

那个女人转过身领露易丝进屋。露易丝正犹豫着，那辆豪华轿车"轰"的一声从私人车道上开走了。轿车前灯的光亮消失，这座孤零零立在黑暗里的房子显得格外诡秘。那辆轿车在路上渐行渐远，它发出的"咔哒咔哒"的声音也跟着远去，四周一片沉寂。那个女人站在亮着灯的大厅里。

露易丝也进去了。

注释：

[1] 这句的"小姐"和"对吧"原文是法语。

第十六章　薛丽施太太

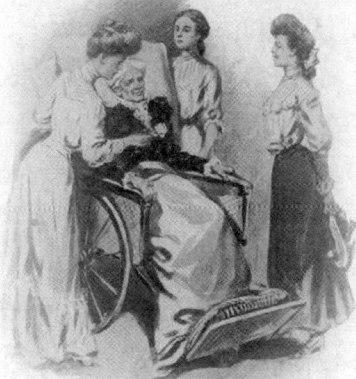

那个女人锁上大门，带露易丝走进又长又昏暗的客厅。客厅壁炉里冒着烟，火光微弱。旧式落地灯的光很暗淡，这里一切装饰看起来都很陈旧。

"你不脱外套吗？小姐——噢，不知道小姐叫什么？"

露易丝问："那你叫什么？"她走近点，仔细看看对方的脸。

"你可以叫我薛丽施太太。"

她有法国口音，声音听起来很温柔，却也干巴巴的。她说话像机器人，慢慢地说，偶尔停下想想要说哪个词。她身材中等，有点瘦，虽然上了年纪，但身板还是很直。她的皮肤有点像棕色的羊皮纸，睁着一双很小的黑色眼睛，晶亮如小珠。她鼻子有些肉感，少女般的红润嘴唇很丰满。虽然她黑色的头发里只夹杂着几丝白发，但她应该不年轻了，大约六十到七十岁。她穿着一身颜色暗沉的长裙，系着女仆围裙，带着女仆帽，反倒增添几分活泼。

露易丝细细打量着这个古怪的老太太，希望她能成为保护自己的朋友。露易丝双眼含泪，露出恳求的神色，真让人心疼。薛丽施却无动于衷。

露易丝轻声地问："你是一位法国女仆？"

"是女管家，小姐，有时也算看门人。"

"哦，我懂了。你的主人睡了吗？"

"我不知道，小姐。他们不住在这里。"

"你一个人住这里？"

"现在还有你，小姐。"

露易丝突然感到惊恐。

她哭着说："那我为什么要在这里？"她可怜巴巴地捏着双手。

"啊，谁又能告诉我呢？"对方平静地说，"当然不是我，我什么也不知道，只知道要做什么。我只听从命令。"

露易丝突然反应过来。

她问："那你的命令是什么？"

"好好照顾小姐，给你最周到的服务，让你住得舒舒服服，要……"

"还有呢？"

"在有人拜访你之前，保证你的安全。就这么多。"

露易丝长长舒了口气。

"谁会来拜访我？"

"没人告诉我，小姐。"

"我是不是被禁足在这里？"

"小姐可以这么认为。但要记住，不能到别的地方去。天气转凉，冬天快来了。我会让你在这里住得舒服的。"

露易丝琢磨着对方的话。她当然没被蒙骗过去，她对绑架依然很困惑，根本不知为何突然被抓走，被带到这荒无人烟的犄角旮旯。但她知道自己暂时很安全。她现在比方才要疲倦十倍，身体都在摇晃，只好扶着椅背支撑自己。

薛丽施也知道露易丝疲倦了。

"小姐累了。看，已经过了早上四点钟，走了那么远的路，紧张了这么久，你一定累坏了。"

露易丝喃喃自语："我……我已筋疲力尽了。"她无力地低着头，紧接着挪动一下，把手搭在对方肩上，温柔、恳切地看着对方圆珠子般的双眼。她说："我不知道为何要将我从亲友身边带走，不知道这可怕的一切为何发生，我只知道我累死了，需要休息。薛丽施太太，你能照顾我吗？我睡觉时你能保护我吗？现在我母亲不在身边，我没有任何朋友，只有你了！"

冷酷的薛丽施不会放松警惕，可她的目光突然变温柔了，声音里也有一丝怜悯，她说：

"没人能伤害你，小姐。别怕，亲爱的[1]，我会照顾你的。啊！这是我的责任，也是荣幸。"

"这里是不是——没有男人———一个也没有？"露易丝紧张地窥探四周，"这里只有你和我？"

薛丽施犹豫一下。

"你住的地方没其他人，"她肯定地说，"我保证。"

露易丝颤抖着长叹一声。不知为何，她觉得愿意相信这句承诺。

她说："薛丽施太太，我想睡了，可以吗？"

薛丽施提着灯，领露易丝上楼。她们走进宽敞通风的房间，能看见壁炉里烧得正旺的火。这里布置优雅，风格很女性化。角落里摆着雪白的床，床帐披下来，让人顿生睡意。

薛丽施把灯放到桌上，转过身安静地帮露易丝更衣。露易丝的礼服还是义卖集会那件礼服，上面绣满精致的月季。法国老太太对礼服赞赏不已。她帮忙解开扣子，小心帮露易丝脱下裙子，将它挂到壁橱里。动作灵巧的她梳理着露易丝的秀发，梳成方便睡觉的发式。最后她递上精致的睡袍。

"这是我的。"薛丽施坦白说，"小姐的还没准备好。"露易丝想了想说："可你家里一定有年轻姑娘吧？"虽然她困得有些恍惚，但在陌生的环境里还保持着一定的警觉性。她真的很累很困，思路也不清晰，但脑中还会偶尔浮现一些小细节。"好比说，这个房间……"

"当然了，亲爱的。有位年轻小姐在这儿住过，她离开时偶尔会留下了几件衣服。你醒了之后，我会帮你找到家居服。小姐睡觉前要泡澡吗？"

"今晚不泡了，薛丽施太太。我累得只想睡觉！"

她确实很累。她爬上那张诱人的床，很快就沉入睡梦中。这对她来说也许是幸运的。她平日性格温和、积极，如果突然遇上变故，她就变得很冷静。与情绪更激动不安的姑娘相比，遇上同样的麻烦时，她倒少些痛苦。

露易丝惊恐了一晚，尽管睡了一觉，第二天她依然精神不振。她醒来时已经是大白天了，外面寒风嗖嗖，雨点打在玻璃窗上。

薛丽施几乎一夜没睡。露易丝睡下一个小时后，她坐在房里沉思，然后走到电话旁。已经是深夜了，她还是拨通了黛安娜床边的分机电话。

义卖集会的最后一晚里，黛安娜整晚都很兴奋，薛丽施打电话来时她还没睡着。她随手拎起电话，得知是默肖策划将露易丝带到东奥兰治，她没有丝毫惊讶。她问露易丝面对突发状况有何反应。法国老太太公然表示不满，黛安娜很惊愕，也很不安。老太太一直责备这场绑架是残酷的罪行，她发誓要保护露易丝，不让默肖或其他人伤害她。

"我对你家忠心耿耿，黛安娜小姐，"薛丽施说，"可我不会任凭你或你那邪恶表兄差遣，不会做这卑劣罪行的帮凶。希望你还有良知，让我保证她的安全。无论如何，只要有我在，她就不会受伤害。"

"那就……就对了，"黛安娜几乎无言以对，"接到我下个口信前，你都要小心，别走漏风声。小心看着梅里克小姐，别让她太伤心。等时机合适，查理会送她回去的，但求你看在老天的份上，现在千万别揭发他。没人在谋划犯罪，我不允许这种事发生。这一切都与我无关，是查理将那姑娘带到你那儿，逼我妥协。我们绝不能让绑架的消息传开，你明白吗？"

"不，"对方回答，"万全之策是将梅里克小姐送走。"

"我会尽快安排。"

老太太只好暂时听从安排。可她没想到这通电话会让黛安娜抓狂。黛安娜担心自己名誉受损——不是担心露易丝会名誉受损。薛丽施很想放了可怜的露易丝，帮她回到朋友身边，可她多年来习惯听从冯·塔尔家的命令，并不确定是否要冲动一次。她决定让良知妥协，但她尽量让被囚禁的可怜姑娘过得舒服一点。

第二天早上，薛丽施走进露易丝房间，露易丝还没睁眼。薛丽施开着房门，方便进出。

她先点燃壁炉里的柴，等到火苗噼里啪啦燃起后，她就去准备泡澡的热水，然后抱来一堆衣服，放在沙发背上以备挑选，她还带来了女士内衣。露易丝蜷缩在睡袍里，若有所思地看着薛丽施，直到室温足够高了才起来。

露易丝轻声说："我现在起床吧。"

薛丽施的确是经验丰富的女仆。她伺候露易丝洗澡，给她披上宽大的和服式晨衣，让她在梳妆台前坐下，双手灵巧地帮她梳理发型。

露易丝开始跟她讲话。她知道，逃跑的唯一机会是说服不苟言笑的薛丽施。露易丝将自己全部的事情告诉她，包括她与亚瑟之间爱情、黛安娜如何试着抢走亚瑟，还有默肖如何掺和到她与亚瑟中间。

薛丽施一直在听，没有出声。

露易丝继续说："你能告诉我吗，是谁这么恶毒又狠心，将我从家人朋友身边带走？我真的不知道。你人生阅历丰富，比我聪明，能告诉我吗，薛丽施太太？"

老太太在小声嘀咕着什么。

露易丝若有所思地说："默肖先生可能是幕后主使，因为他向我献殷勤，我却嘲讽他。如果男人爱一个姑娘，他会伤害她吗？也许他因爱生恨了。唉，还有谁会这么对我？查理·默肖又为何这么做呢？"

薛丽施只是喃喃自语。她温柔地替露易丝梳头发。

"一个男人绑走一个姑娘，他有什么好处？如果真是默肖先生干的，他是否以为我从此就忘记亚瑟，或者不再爱亚瑟，还是他认为亚瑟会从此忘记我？或许这是黛安娜做的，她想除掉我，然后引诱亚瑟回到她身边。薛丽施太太，你说这是不是很荒谬？即使是黛安娜·冯·塔尔也不敢这样放肆地对付情敌。你认识冯·塔尔小姐吗？她是个社交名媛。你见过她吗，薛丽施太太？"

老太太没有回答，只是忙着整理露易丝的发型。露易丝随意翻转手上的银框镜子，心里一惊，发现镜子的金属后背上印着几个字母——D.v.T。她目不转睛地盯着字母，然后看看老太太放下的梳子，果然没错，梳子上有同样的标记。

薛丽施锐利的双眼注意到露易丝的举动。露易丝平静地说：“D.v.T代表黛安娜·冯·塔尔，不可能是其他。我想我的谜团解开了，我最担心的事情发生了。告诉我，太太，这是不是黛安娜的房子？”听到这儿，薛丽施有些慌张，但她故作镇定。

露易丝眼里闪着怒火，她苍白的脸颊突然泛起两片红晕。薛丽施长长舒了口气。

“曾经是她的房子，”她平静地回答，“是她祖母留下的。但冯·塔尔先生不喜欢这里，他们已经不住这儿了，好多年不住了。冯·塔尔小姐告诉我，前段时间她已将房子转交给别人了。”

露易丝急切地问：“是不是给了她的表兄默肖先生？”

薛丽施闪烁其词：“或许是吧，我不记得了。”

“可你一定认识他，他是黛安娜的表兄。”露易丝反驳，“你为什么要骗我？我是不是还不够可怜？你要我变得更惨是不是？”

“我曾多次见过小时候的默肖先生。黛安娜小姐不喜欢他，冯·塔尔先生也不喜欢他。我也讨厌他。”

听到她强调最后一句的语气，露易丝相信她的话，心里有些释然。

薛丽施从沙发上那堆衣服里找到件适合的，给露易丝穿上。衣服款式不算时髦，但还算舒适体面。衣服虽不尽如人意，但露易丝没有抱怨，她在想着更重要的事情。

给露易丝梳洗完，薛丽施出去拿来一盘可口的早餐，照顾真是极周到。

露易丝坚决地说：“请你给我一些指引，我想马上回家。"她正在吃鸡蛋和面包片。

薛丽施同样坚决地说："我不能给你指引，也不能让你离开，小姐。现在的天气不宜外出，除非你有恰当的出行工具。可是，这里没有任何出行工具。"

露易丝换个策略。

"我没有钱，但我有些值钱的珠宝，"她果断地说，"这肯定足够让我叫辆车。"

薛丽施更坚决地说："错了，小姐，这里是叫不来车辆的！"

"那我走回去。"

"不可能。"

"这到底是哪儿？离纽约有多远？我走多久才能找到计程车或火车？"

"我不能告诉你。"

"可这太荒唐了！"露易丝喊道，"你不能一直骗我。我知道这是黛安娜·冯·塔尔的房子！她软禁我，她要负所有责任！"

薛丽施冷漠地说："这跟我没有关系。小姐要明白，你不能离开这个房子。"

"哦，是吗？"

薛丽施换了温和的语气说："至少得等天气好了再说。"

她拾起托盘，走到房门边。她走后，露易丝听到房门被锁上了。

注释：

[1]此处"小姐"原文是法语，下文薛丽施太太多次称呼露易丝"小姐"时，说的都是法语。

第十七章　迷雾重重

　　这里是纽约市中心，无法无天的绑架居然就发生在警察的眼皮子底下。约翰很震惊也很生气。在少校的敦促下，约翰最初同意让亚瑟去找露易丝，他相信事情很容易就能解决，而且没有人比亚瑟更想了解真相。到第二天中午，约翰依然没有露易丝的消息，他突然摆出一副威严、坚决的模样，赶到城里"贡献一份力量"。

　　他与侦探局局长交谈了一番。他威严地说：

　　"请你理解我，先生，我希望向所有报纸媒体封锁露易丝被绑架的消息，有我在，那可怜的孩子就不能沾上半句流言蜚语。请你发动所有人马——现在就去找她！但务必让你的下属保密。我给你们的回报一定优厚，而且绝对公平。若能在二十四小时内找到梅里克小姐，我付一万美金；四十八小时以内，九千美金。以此类推，每晚一天就减一千美金。谁找到她，这些钱就奖赏给谁。至于你，先生，我会亲自表达对你的感激，你需要我付多少都可以。我说得够清楚明白了吧？"

　　"非常清楚，梅里克先生。"

　　"必须尽快找到那孩子——还有幕后主使！凯撒[1]一样的局长啊，你的下属都是能力卓越的都市精英，这件小事还会难倒你们吗？"

　　"我们不会让你久等的，梅里克先生，相信我。"

　　这句承诺只是一句乐观的话而已。日子一天天过去，一点消息也没有。局长也说"这似乎是个迷"。

　　亚瑟好几天不眠不休，但他没有灰心。

　　"我的方向是对的，先生，"他跟约翰说，"虽然已经过了那么久，但露易丝是不会有危险的。只要福格蒂紧盯默肖，不论她在哪儿都会安全的。"

"默肖也许跟这事没有关系。"

"肯定跟他有关系。"

"露易丝被囚禁在陌生人手里，怎么会安全？我要她回家！回家才安全！"

"我也想要她回家，先生。但你的人似乎都找不到她。他们甚至不知道她被带往哪个方向，或者怎么被带走，似乎也找不到那辆褐色的豪华轿车。"

"当然找不到，纽约有上千辆那样的轿车。"

"先生，你觉得露易丝还在纽约？"

"这是我的推测，"约翰回答说，"她一定还在纽约的某个地方。秘密将她送出城几乎没有可能性。可我承认，这帮侦探是我见过能力最低的，你那个厉害的福格蒂也不怎么样。"

刚开始，亚瑟还没找到露易丝时，贝丝和帕琪就被告知表姐失踪了。帕琪马上就去了梅里克太太家，尽量安慰这位可怜的母亲。

贝丝则眉头紧锁，坐着思量其中的缘故。想了一个小时，她凭逻辑断定，应该去找黛安娜，要是有谁知道露易丝的下落，那个人就是黛安娜。就在这天下午，贝丝开车到冯·塔尔家，要求与黛安娜见面。

黛安娜最近非常不安。在她的社交生涯中，她偶尔会算计他人，做不诚实的事，但她从未被指责成恶毒的姑娘。因为轻信了默肖孤注一掷的计划，她已深深自责。她有强烈预感，对全部相关的人而言，最终的结果都将是灾难性的。她瞧

不起自己，瞧不起她的表兄，还担心她珍视的名望会受损，种
种情绪杂合在一起。黛安娜差点就要打电话给薛丽施，让她陪
露易丝回纽约。这时，贝丝的访问卡恰好送来，她直接要求单
独见面。

贝丝和黛安娜的性格水火不容。贝丝的到来让黛安娜产
生敌意，黛安娜的悔过之意立刻消失了。黛安娜疑心重，态度
冷淡。贝丝眼神警惕，黛安娜很快就从中看出对方的质疑和指
责。她非常生气——也许因为她知道自己活该受谴责。

告诉贝丝她表姐在哪儿本来是很容易的，黛安娜还能顺
便向她保证——自己与此事完全无关。但是，要让死对头赢一
次，黛安娜怎会心甘情愿。

贝丝一见面就问："你对露易丝·梅里克做了什么？"这
无异于向黛安娜宣战。

黛安娜不屑地冷笑一声。她警惕起来，绝不肯妥协。她
说，她确实不了解露易丝·梅里克，交朋友前也没有好好了解
其过去和个性。她还说自己这样好脾气的人容易犯错，她以为
约翰·梅里克先生外甥女如此年轻，应该是位好姑娘，但年龄
也可能骗人，她交朋友也不能时刻都小心谨慎。要是梅里克小
姐妄自离家出走、离朋友而去，她可不负责。她最后说，要是
德·格拉夫小姐没别的要说了，她就去忙更重要的事情了。

黛安娜故意惹怒贝丝。贝丝当然气愤，她丝毫没有放
下对黛安娜的怀疑，但她根本无法证明对方与此事有关。她
对黛安娜说了几句尖酸刻薄的话——她后来说，这是"自
卫"——然后她尽量保持温文尔雅的仪态，开车离开了黛安娜
家。

一个小时后，贝丝向舅舅建议，安排侦探监视黛安娜的

举动。约翰和福格蒂早已开始监视黛安娜了。约翰难以相信黛安娜是绑架的共犯，因为她社会地位很高，家族也非常受人尊敬，她会有何绑架动机？约翰不确定黛安娜是否有罪，甚至不知道她与此事是否有间接联系。至于黛安娜的表兄，约翰也不知道该怎么判断他，尽管亚瑟一口咬定默肖就是主谋。约翰想不通，从默肖的出身、教养和社会地位来看，他怎么可能谋划这么卑鄙的罪行？但除了默肖，谁还会有更明显的动机呢？

日子一天天过去，露易丝还没回来，可怜的梅里克太太真是伤心欲绝。她现在很依赖帕琪，苦苦哀求她不要走，帕琪干脆把这个丢了女儿的母亲带回自己家，好好照顾她。虽然梅里克太太自负又自私，但她深爱着自己的孩子，当然对女儿的生死安全忧心忡忡。

露易丝的亲友坐立不安，他们一天到晚都在搜查。她失踪的谜团越晚解开，他们就越焦虑。

一天晚上，约翰对坐他对面的梅里克太太说："尊敬的夫人，这就是你让三位姑娘进上流社会的后果，是你那愚蠢抱负换来的结果。"

"我万万没想到会这样，约翰，"可怜的梅里克太太哭着说，"我之前从未听说上流社会发生过这样的事。你听说过吗？"

"我又不是百事通。"约翰生气地说，"可你得承认，获得这些该死的社交噱头之前，我们一直都平平安安的。"

"我不明白为何到现在还没有人报道此事。"梅里克太太叹了口气，"露易丝在最高级的圈子里已经够出名了。"

"当然出名啦，"少校讽刺地说，"夫人，出名到完全没人发现她的踪迹！还好报纸对此次不幸一无所知，不然他们准会扭曲事实，到时，你我在朋友面前都该抬不起头了。"

"我的宝贝女儿肯定被杀了！"梅里克太太边痛哭边断言，而且每隔五分钟她就这样说一遍，"即使她还活着，很快也会被杀的。我们就不能做什么吗？"没人回答她最后一个疑问，他们能想到的都做了。现在是星期二，露易丝失踪有五天了。

注释：

[1]凯撒（Caesar）指凯撒大帝，是古罗马共和国杰出的军事家和政治家。

第十八章　一线希望

星期二的早晨天气开始变冷，能感受到冬天的气息。寒风呼啸，不时送来几片四处飘零的雪花。渐渐地，雪花多得数不清了。九点钟时，室外风雪交加，看来好一阵子才会停。冰冷的地面很快就覆盖起薄薄的白雪，城市和乡下的景观看起来格外可怕。

这样的天气不适宜外出，但默肖仍决定要出去走走。他觉得自己就像囚犯，每天到酒店外散步是唯一的娱乐活动，今天他还要外出办事。

他将大衣的扣子系到下巴，勇敢地迎着风雪往前走。默肖全然忽视跟踪他的侦探，即使福格蒂随意向他打招呼，他也会直接忽略。但这不会打乱福格蒂的计划。默肖出门后，福格蒂一如既往地跟着，与他保持适当距离，绝不会打扰默肖。他从不会跟得太紧，但默肖时刻都知道他在后头。

在这个特别的早晨，风雪无情地打在福格蒂脸上，他与默肖相隔差不多一个街区。一辆汽车突然驶到他身旁，两个男人跳下车，抓起他的双臂。他没有反抗，三人没有发生任何争执。两个男人迅速将福格蒂塞进车窗大开的汽车里。汽车启动，转头开向旁边的街道。

福格蒂被牢牢夹在两个粗壮的大汉中间。他坐直身子，整理一下衣服。

福格蒂问："先生们，能解释一下你们刚才的非法行为吗？"

他左边的男人大笑起来，他就是那个袭击亚瑟的人，也是昨天在街上碰见默肖的人。

"福格蒂，天气很冷吧？"左边的男人开口说，"但这样的天气最合适坐车兜风了。我们喜欢你，孩子，好喜欢你。皮特，你说是吗？"

右边的男人附和道："当然啦。"

"我们想邀请你转一圈。大冬天里我们带你游玩，看见外面的雪景了吗？冰天雪地的哈莱姆区可美了，你一定觉得很棒。皮特，你说是吧？"

皮特高兴地说："说得没错。"

"你人真好。"福格蒂舒服地倚着靠垫，竖起大衣的领子挡风。"但你们知道我在工作吗？知道这样会让我跟丢目标吗？"

"那我们可管不了，十分抱歉。"左边的大汉回答，"我们只想找个伴。你很合适，福格蒂，想想你的年龄和体格就知道了。"

福格蒂说："谢谢。你认识我，我也认识你。你是比尔·李森，别名威尔·达顿，人们通常叫你壮比尔。几年前你因为打晕警察而坐过牢。"

"可我现在没犯法，"壮比尔说，"你不是正牌侦探，福格蒂，你只是私人小角色。"

"我与其他侦探受同样的保护，"福格蒂声称，"你抓我时，我在跟踪默肖，他绑架了一位年轻的社交名媛。"

"哦，是吗？"壮比尔咯咯笑了起来。皮特也笑得很开心，这引起了福格蒂的注意。

"啊，你是那两个掳走年轻小姐的其中一人吧，"福格蒂说，"那我得恭喜你，干得太棒了。对了，要找到姑娘的下落，是不是最好跟着绑架她的人？"

　　两个大汉茫然地盯着他。他们说话这会儿，汽车正缓缓行进，在大街小巷里拐来拐去，要是不熟悉纽约的人，准会被弄糊涂。

　　壮比尔问："福格蒂，你是什么意思？"

　　"当然是默肖掳走了那姑娘，"福格蒂平静地解释，"我们都知道是他干的。但他是个聪明人，知道自己被监视，所以不敢去找他的人质。焦虑不安的他及时碰到了你，就在昨天，还跟你做了交易，让你抓走我，然后他就能逃了。"

　　冥顽不灵的壮比尔说："看来你知道的很多，福格蒂。"

　　"是的，我发现世上人类的本性大都相似。"福格蒂说，"我当然会怀疑你答应了默肖，找机会抓住我，就像现在这样。不过，老兄，猜猜这段时间我还做了什么？"

　　两个大汉好奇地看着他，一言不发。

　　"你们这巧妙的计划被我利用了，事情很快就会发展到高潮了，"福格蒂说，"我们游车享受的这会儿，我一半的手下在监视默肖的举动，他们会跟着默肖找到那位姑娘的下落，你们觉得呢？"

　　壮比尔咆哮了几句气话，朝司机大喊停车。皮特脸都白了，明显被吓坏了。

　　"福格蒂，你快下车！"壮比尔尖声喝道，"听你这么说，你把我们要得够惨的。我们要尽快找到默肖先生，趁现在还来得及。"

　　"祝你们有个愉快的早晨。"福格蒂下了车，"谢谢你们带我兜风。总之，很感谢你们。"

比尔与皮特匆忙离开，只留下福格蒂站在路边。他们从视线里消失后，福格蒂走进药店的电话亭。

"是海德吗？我是福格蒂。"

"我是海德。默肖先生刚坐渡轮去了新泽西州。亚当斯跟着他，他有了新情报，你先等一下。"

等了一会儿，福格蒂就得知默肖买了去东奥兰治的火车票，火车十五分钟内发车。

福格蒂马上就想好了。他看看手表，冲出药店，截了一辆计程车。

福格蒂问："要开快点，还要跑很远，行吗？"

司机说："怎么都行。"

福格蒂跳进车里，马上给司机指令。

"超速也不怕，"福格蒂说，"没人会拦我们的，因为我是福格蒂。"

第十九章　自责与醒悟

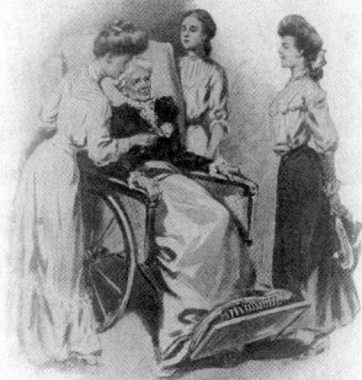

黛安娜对这不幸的绑架感到很难过，没人比她更难过了，或许连梅里克太太也没她难过。贝丝走后，黛安娜的心情马上就变了。她宁愿刚刚付出一切代价，在贝丝面前撇清自己与绑架的关系。她对毫无戒备心的露易丝竖起敌意，露易丝成为受害者，都是因为黛安娜毫无意义的欲望，因为默肖狠心的诡计，黛安娜为此深深自责。她悔恨自己如此荒唐，即使她已悔悟，但为时已晚。黛安娜清楚地知道她不会得到任何好处，她只会轻率地毁掉露易丝的名声，露易丝可是个诚实、天真的姑娘啊。

不久以前，她总说生活很单调，只是愚蠢地围着社交聚会转，真是无聊极了，于是为三位姑娘提供社交赞助，将她们带到社交圈。她原希望这样能获得新乐趣和激情，能走出不幸的无聊生活——她生来就过着这样的生活。

但她从未奢望生活会掀起那么多"波澜"。小小的恶作剧和无情的举动会招来怨恨，这也是她始料未及的。目前她的社交圈那么保守，她不能马上跳出来揭发自己的罪过，因为她可能会受惩罚。黛安娜告诉自己，都是因为她纵容那不顾后果、不道德的表兄，露易丝才会被绑架，但她死活也不能让露易丝受伤。她要马上坐飞机到东奥兰治，刻不容缓。但她担心被发现、被嘲笑，担心会身败名裂，所以她像无助的囚犯一样自我软禁在家。她踱来踱去，唉声叹气，不安地捏着手，几乎都要崩溃了。每次她似乎鼓起勇气要去救人时，只要看一眼监视她的侦探，她就紧张不已，又放弃了要救人的一番好意。

你千万别以为黛安娜心地很坏。她这一生注定要被训练

成社交名媛，条条框框让她与普罗大众有相当大的距离。很大
程度上，因为过着"别样"的生活，她才会产生邪恶的冲动念
头。空虚且无甚目标的生活自然会滋生各种恶作剧。常说贫穷
和没受过教育的低等阶层是滋生犯罪的温床。在虚伪的上流社
会中，有些名流富有但无追求，他们也会做出更大胆的恶毒行
为。这些罪行虽然会被发现，但都不会被公开，更不用讨论是
否会被宽恕，因为金钱和权力会掩盖它们。

　　黛安娜受过良好教育，个人品行本应高尚，她的成长环
境却限制了她，诱导她做出最懦弱、卑鄙的事。当她终于要
与自己的懦弱、卑鄙对抗时，当她终于决定要尽力弥补过错
时，我们就知道，这个女孩本质不坏，天性善良。

　　被自责折磨了四天以后，黛安娜在第五天早晨终于决定
要救人。她不在乎谁在监视自己，不在乎要承担怎样可怕的结
果。她悄悄溜出家门，只身前往东奥兰治的住宅。

第二十章　一通电话

在这个多事的星期二早上，还有一位迟迟未悔悟的人终于想通了。

薛丽施太太这几天越来越郁闷与不满，一肚子的委屈。一位年轻小姐被强行带到这个房子，由薛丽施太太像看守犯人一样照料她。从露易丝被带来的那刻起，这起绑架的主谋就让薛丽施太太自生自灭，再没主动与她联系。

薛丽施太太为冯·塔尔家服务了一生，在很多事情上她都默许自己违背良知，因为她觉得，自己只是被雇主利用的工具而已。她来到东奥兰治这所偏僻的别墅，被迫在这里看守，也有了足够时间想清冯·塔尔家把她当什么，她已经彻底改变从前的想法了。

要她看守一位年轻、貌美又纯真的姑娘，这是冯·塔尔家在考验她的忠诚，是对她最严峻的考验。她质疑自己，深深痛恨自己被置于这样的处境中。

但如果薛丽施太太不是等了这么久，她也许会乖乖听从黛安娜的吩咐。这些日子里，她对露易丝越来越熟悉，越来越想违反黛安娜的命令。无助和绝望的露易丝一直缠着薛丽施，苦苦哀求她放了自己。如果她放了露易丝，黛安娜也许会陷入极为尴尬的窘况，要不是想到这种情况，这位法国老太太或许早就答应露易丝的恳求了。黛安娜还在襁褓中时，薛丽施太太就开始照顾她。自那时起，老太太就决定要好好爱护黛安娜。她怎么能让黛安娜陷入窘境？

看到可怜的露易丝哀求自己，看她无辜受罪，薛丽施太太心里非常难过。她只能狠下心，对露易丝的恳求充耳不闻，这样她就不会心软了。同时她认真履行自己的责任，每次离开露易丝的房间时，她都把门关好，坚决不同意露易丝到其他房间走动。露易丝的房间真像个监狱，但她的狱吏会尽可能让她过得舒服些。薛丽施太太很有耐心，总是让露易丝的房间保持温暖和整洁，露易丝需要的她都会妥当弄好，还会为露易丝准备美味的食物。

虽然露易丝住得很舒适，但她心里依然很痛苦。不哭泣的时候，她会劝诱薛丽施放了自己，有时又会陷入无尽的绝望中。她心里一直想着亚瑟，想着他为什么不来救自己。每天晚上她都会悄悄从床上起来去开门，以为薛丽施太太也许会忘记锁门。她偷偷四处搜查房间，试着找出逃走的方法。

房间里有两个小窗户，一个大窗户。打开大窗户就能看见下面的小门廊，但她不可能爬到门廊上，因为门廊的一端是个脆弱的格栅架子，大概只能承受夏季开的玫瑰或其他藤蔓的重量。露易丝直接否定了这个绝望的逃亡方法。不到最危险的时刻，她都不敢跳到那个脆弱的架子上，但这似乎是唯一的逃跑方法。

时间终于完全消磨了薛丽施的耐性，她再也不能忍受露易丝的哀求了。表面上看不出她的态度发生转变，但她心里已决定不再忍受了。

露易丝与她聊天时常常会提起亚瑟·威尔登，并给了她亚瑟的地址和电话，露易丝求她至少给亚瑟打个电话，告诉亚瑟他的爱人虽然很不开心，但很安全。这让老太太想到了一个好主意。

只要打电话给威尔登先生，她就能告诉他露易丝在哪儿，威尔登就会来救露易丝，谁也不会知道是她走漏了风声。薛丽施太太越想就越觉得这个方法好。如此一来，她就能免于责难或惹上其他麻烦了。

星期二早上，露易丝正在吃早餐，薛丽施太太下楼打电话，很快就联系到亚瑟。她低声告诉亚瑟，这里是东奥兰治，露易丝·梅里克小姐在附近一个隐蔽的郊区别墅里。她向亚瑟描述这里的环境，好让他找对地方。亚瑟急切地问其他问题，但她只说露易丝很好，也没有受伤，其他的一律不提。

但这就够了。亚瑟已经激动地赶去救人了。

第二十一章　意外连连

薛丽施太太已加快让这一切结束，所以她淡定地坐在大厅后的管家房里，让露易丝一人在房里郁郁寡欢，等待着薛丽施预想的结局。

屋外很冷，狂风大作，雪花从四面八方刮来，一片迷茫，让人分不清方向。老太太想，今天可不宜出门，但任何风雪都阻挡不住心急如焚的恋人。她算算亚瑟会到达的时间：如果他行动积极、迅速的话，坐一个半小时的火车或三个小时汽车就能到，但他肯定要花时间准备，也许最快两个小时内他就能到了。

她的书架摆放着读过很多遍的法国小说。她挑了一本来读，好打发时间。她不需要去照顾那泪流满面的囚徒了。等露易丝见着心上人，她只需将伤心已久的露易丝扶起，送到亚瑟怀里。老太太还是有小小的浪漫情怀的，尽管她已经满脸皱纹了。她终于勇敢地凭良知而行，因此非常高兴。

嗯？好像有些声音。她心里疑惑。冰天雪地里传来车轮隆隆开过的声音。她不禁往壁炉架上的时钟扫了一眼。威尔登先生不可能这么早就到了，那又是谁呢？

门铃一直在响，可她坐着一动不动。她还在天真地想：露易丝最后只能由她忠诚的骑士救走，不能让任何人来破坏这结局。

不速之客还在按铃。她听见车轮后退的声音，刚来的汽车开走了。来客想要进来，刺耳的门铃声一直在响。一阵撞门的声音突然传来，似乎有人想借助结实的肩膀把门撞开。

她把书放下，将夹鼻眼镜放回眼镜盒里，慢慢走进大厅。客人再次用力撞门，还大声喊叫着要求开门。

她尖声喊："谁在外面？"

客人愤怒地回答："开门！该死的！"

她想，那肯定是默肖。但她找不到不开门的借口，只好慢慢拔去门闩，从一寸宽的门缝往外窥探。

"噢！默肖先生！"

"就是我！"默肖咆哮着，强行进了门，"不然还有谁会在门外大喊？"

"万分抱歉，先生，"薛丽施说，"你吩咐我必须得小心点。为了你的安全，我不能给任何人开门。"

"算你听话。"默肖粗哑地说，他在地毯上跺跺脚，再抖抖衣服的雪，"你没生火吗？这里像个旧冰柜，我快冻僵了。梅里克小姐呢？"

"她在西厢黛安娜小姐的房间。先生跟我来好吗？"

她带默肖去管家房。他们只顾着走，却忘了关上大门。

在舒适的管家房里，壁炉里的火烧得正旺。默肖脱去大衣，边取暖边问薛丽施：

"那姑娘过得如何？以泪洗面？歇斯底里？"

"有时候会这样，先生。"

"就是她过得不太好喽？"

"她非常伤心。"

"有提到威尔登几个字吗？"

"经常提起。"

"哼！"默肖不喜欢这样的汇报，"有人打扰你吗？或向你问起什么吗？"

"没有，先生。"

"那我们还是安全的。干得漂亮，薛丽施。我整天被一帮傻瓜监视，所以没能早点来。"

薛丽施没说什么。默肖轻松地坐下，盯着壁炉里的火，若有所思。

"露易丝——就是梅里克小姐——有没有说起我？"

"说过几次。"

"她怎么说？"

"对你满是厌恶和鄙视。"

默肖愤怒地绷着脸。

"你说她是否怀疑是我将她掳走？"

"她似乎很肯定是你。"

默肖又看看壁炉里的火光。

突然，他换了温柔的语气说："我遇到一件棘手事，薛丽施，希望你能帮我。我似乎被困在盒子里，或者说，一个洞里——你认为是什么都行，如果现在放弃，那就晚了，我必须向前走，必须要赢。你应该知悉情况：我爱露易丝，所以将她带来这里，让她离开另一个男人。无论如何我也要她做我妻子。或许一开始她不会轻易接受，但最终我还是会令她高兴的。某种程度上，我晚点才来也有好处，现在她该精疲力竭了，精神也有些崩溃了，是吧？"

薛丽施承认："她看起来非常痛苦。"

"你觉得她难照顾吗？她脾气大吗？换句话说，你觉得她会奋起反抗吗？"

薛丽施有些疑惑地看着他。

"她是个好姑娘，"薛丽施说，"她很爱威尔登。我敢肯定，她永远不会答应做你妻子。"

"哦，是吗？我觉得她应该嫁给我，这就够了。她现在很不安很伤心，我再折磨她一下，直到她再没力气反抗。这听起来很残忍，但唯有如此我才能成功。等她做了我妻子，我会好好待她。可怜的姑娘！我会教她怎么爱我。只要方法正确，男人可以让女人做任何事。我这样做不是因为我残忍，薛丽施，只是因为我已经绝望了。在爱情和战争里可以不择手段。对我而言，这是爱情，也是一场战争。"

默肖来回踱步，把手插在口袋里，脸上的焦虑与嘴里的夸张言辞毫不相符。

薛丽施无动于衷。她对这位可怜虫少了几分不屑，因为如此懦弱的计划注定要失败，她很满意自己"将死"了默肖。她不时瞄瞄那个钟，算算亚瑟何时到达，到时就能好好见证好戏上演。

默肖突然要求说："带我去见她吧。"

薛丽施慌张地后退两步。

"啊，还不行，先生！"

"为什么？"

"她睡着了，一两个小时后才醒。"

"我不能等了，现在就叫醒她，让她知道事情有变。"

"不行，先生！这样太过分了。可怜的姑娘煎熬了好几个小时，好不容易哭着才睡着。你都等了五天了，不能再等一小时吗？"

"不行，马上带我去见她。"默肖逼进，薛丽施后退几步。

她坚决说："我不能带你去。"

"少废话，薛丽施，你要听我吩咐。"默肖凶狠地说，

"我只剩一个能成功的办法，你必须听我指挥。带我去见她！"

薛丽施回答："不行！"她那双珠子般的眼睛闪烁着坚定的目光，与默肖愤怒的目光相碰撞。

"那我自己去。给我钥匙。"

她沉默，一动不动。她腰上系着的家门钥匙被默肖一拉，钥匙串的绳子就松了。

薛丽施违抗命令，默肖气得火冒三丈，他咕哝着说："卑鄙的老太婆，为了保护那女孩，你敢违抗我的命令，你迟早会被我毁掉，就像我毁掉她一样。我走开一会儿，你最好清醒清醒，重新听从我的安排。"

他走到门边，一开门就看见福格蒂站在那儿，亲切地对他微笑。

"很高兴再次见到你，默肖先生。"福格蒂说，"我能进来吗？谢谢。"

默肖站在那里，脑中一片混乱。阴魂不散的福格蒂居然来了，真是出乎他意料。福格蒂走进房间，小心关上门，转过身，礼貌地对薛丽施鞠了一躬。

"原谅我无故闯入，太太，"福格蒂说，"我要处理一点小事。我有张逮捕令，要捉拿查尔斯·康纳迪·默肖先生。"

第二十二章　消失的囚徒

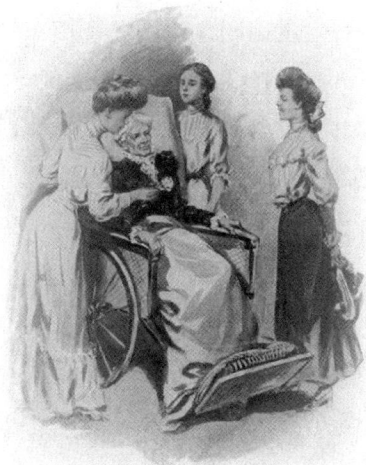

薛丽施太太马上放轻松，冷峻的脸上竟闪现了一丝微笑。她对福格蒂回以标准的屈膝礼。

突然被人扳倒，默肖沮丧地感叹一声，无力地倒在椅子上，双眼直盯壁炉里的火光。大家都沉默了，小房间里的气氛有些紧张。

福格蒂揣摩着心思，慢慢开口说："在某些情况下，很容易就能读懂一个人的心思。默肖先生，你在想，我是个不太强壮的小伙子，而你身强力壮，轻易就能甩掉我。我来得真不是时候吧？你的计划能否成功，取决于能否甩掉我。但我有四个助手随时照应我。他们把守着通向这里的路。他们可想进来了，外面太冷了。不过，就让他们在外面冻一会儿好了，你也同意吧，先生？方才我不小心听见你说，要去看看关在楼上的梅里克小姐，可我想让你等会儿再去，我们先私下谈谈。你知道……"

门铃突然猛地响起来。福格蒂向薛丽施太太瞥了一眼："你能去看看是谁吗？"

薛丽施太太起身离开房间。默肖突然回过神来。

默肖直截了当地问："福格蒂，你开多高价？"

"开什么价？"

"让我离开这里的价格——让我离开，不要再追我。每人都有个价格。我现在有麻烦，我愿意付出一切代价……"

"算了吧，先生。你要过这伎俩了，我是不会受贿赂的。"

"你真有逮捕令吗？"

"从周五开始我就拿着了。说什么都没用，默肖，游戏结束了，无论是笑还是哭，你都得接受。"

默肖正要回答，这时房间的门开了，黛安娜遮遮掩掩地迅速走进来，盯着默肖的双眼满是怒火。

她根本没有注意到福格蒂，尖声喊道："懦夫！下流、卑鄙的无耻之徒！你怎么敢来打扰、威吓可怜的露易丝？"

默肖说："哼，闭嘴吧，黛儿，你也好不到哪儿去。"他红着脸转过头去。

"我才不是！我从来没同意这不道德的罪行。我今天要带露易丝逃离你的魔掌，我要带她回去她朋友身边。"黛安娜宣称，同时不屑地看看福格蒂，"默肖，我告诉你，还有你的同谋，你们别想阻止我。"她转向薛丽施问道："梅里克小姐在哪儿？"

"在你房间，小姐。"

"跟我来。"

黛安娜不屑地看看默肖，傲慢地转过身，离开房间。薛丽施听从吩咐跟着走，她非常惊讶，情况竟发生了如此奇怪的转变。

房间里只剩下福格蒂和默肖，福格蒂咯咯地笑了起来。

"啊，看起来我是多余的，"福格蒂说，"我们俩都白忙一场了，默肖。冯·塔尔小姐大概已经如愿以偿了，你说是吧？"默肖怒气冲冲地说："不，你不了解她。她肯定是被吓坏了，所以才插手这件事。她牺牲我来救她自己，仅此而已。"

福格蒂说："也许是吧。"门铃在响个不停，于是他去开门。

一辆汽车停在外面。几个心情激动的人下了车，迎着风雪走来，原来是亚瑟、约翰、帕琪和贝丝。他们看到福格蒂，齐声喊道："露易丝在哪儿？"

福格蒂用力关上门，挡住外面的狂风，这时有个刺耳的声音从楼梯处传来：

"她不见了！"

他们能从声音里听出绝望，抬头一看，戏剧性地发现黛安娜站在楼梯上。她的手捂在胸前，一副惊恐的样子。薛丽施在后面，她黑色的双眼惊讶地看着楼下那群人。

刚来到的一群人非常困惑，他们是来救露易丝的，原以为露易丝被困在荒废的偏僻别墅里，除了看守她的女人，不该还有其他人。但开门的竟是亚瑟的侦探，黛安娜也意外出现在这儿，还告诉他们可怕的消息——露易丝不见了！

亚瑟首先恢复理智。他说："不见了！她去哪儿了？"

黛安娜忧虑地说："她逃了，逃走了！"

约翰问："什么时候逃的？"

"逃走还不到一小时，是吧？薛丽施？"

薛丽施太太说："我十点钟离开她的房间，现在她已经不见了。"她与主人一样焦虑不已。

帕琪喊道："老天呀！现在下着暴风雪，她竟逃到外面了？"她想想就觉得可怕。

贝丝急切地问："怎么办？我们要怎么做？"

福格蒂走上楼。薛丽施转过身来为他带路，其他人也忧心忡忡地跟着。

钥匙还插在黛安娜房间的门锁里，门半掩着。福格蒂走进房间，用锐利的眼光扫视四周，然后径直走到窗户旁。其他人好奇地环顾四周，发现壁炉里的火苗快要烧尽了，不久前明显还有人在这里待过。福格蒂拔掉那个法式窗户的栓子，爬出去，站在窗下白雪覆盖的小门廊顶。亚瑟也跟着爬出去。阵阵寒风透过窗户吹进来，令房间里的人瑟瑟发抖。

福格蒂跪下来仔细查看门廊顶上的白雪。亚瑟没看到雪上有脚印，聪明的福格蒂却点点头，慢慢走向格栅架子，上面的积雪都被拂去了。福格蒂说："看来架子能支撑她的重量。"他看看门廊的屋檐边说："我以同样的方式爬下去。先生，你回房间从楼梯下去与我会合。"

福格蒂抓住架子，小心翼翼地爬到地面。亚瑟则回去房间。

"她肯定是这样逃的。"亚瑟对屋里的人说，"可怜的姑娘，她根本不知道我们要来救她。她被关太久了，都绝望了。"

贝丝问："她有没有披斗篷？或者穿上更暖和的衣服？"薛丽施太太赶紧去查看衣柜。

"有，小姐，她带走了一件很厚的大衣和一条手织围巾。"薛丽施太太回答说，"但她肯定没有戴手套，穿的鞋子也不保暖。"

帕琪问："你觉得她逃跑多久了？"

"不超过一个小时。我一直跟默肖先生说话，所以……"

亚瑟问："默肖！他在这里？"

薛丽施太太回答："你来时他就在楼下，我的房间里——现在就不知道了。"

"这就是为何露易丝突然逃跑了，"亚瑟抱怨道，"她肯定听到了默肖的声音，突然就慌了，然后决定逃跑。默肖见她了吗？"

薛丽施回答："没有，先生。"

他们一起下楼，薛丽施领他们到自己房间。让他们惊奇的是，默肖还坐在壁炉旁，他双手抱着后脑勺，嘴里叼着雪茄。

"你要担上另一项罪名！"亚瑟喊道，并愤怒地抓起默肖，"你要害死露易丝了！"

默肖举起一只手轻轻反抗。

"咒骂我只会浪费时间，"默肖说，"趁一切还不太晚，快去找露易丝。"

默肖说得对。亚瑟放开他，转过身对约翰说："他说得对。我去帮福格蒂，你留在这里照顾几位姑娘。等我们回来。"亚瑟出去时，没看过黛安娜一眼。她坐在房间的角落里伤心地啜泣。贝丝在静静思考，帕琪则很焦虑很愤怒。因为这场突如其来的灾难，约翰都要崩溃了。默肖觉得露易丝可能会死在暴风雪中，这可不是开玩笑的。露易丝现在不仅身体虚弱，被囚禁那么长，她已精疲力竭、焦虑不已。所有人都能想象这样的后果。

默肖突然站起来说："我要出去帮忙找露易丝。福格蒂已经逮捕我了，你们不用担心我会逃。我已经不在乎我的结局了。现在，我要去帮福格蒂。"

他们没有阻拦他。默肖系好大衣的扣子，走进风雪中寻找其他人。福格蒂和亚瑟此时在屋后的小径上。福格蒂仔细观察地面，慢慢往前走。

"她的足迹很模糊，但能轻易辨认，"福格蒂说，"因为她的高跟鞋留下了很深的洞。"

默肖加入他们时，亚瑟愤怒地看着他，但没说什么。福格蒂只是笑了笑。

小径上的足迹快被风雪覆盖了。他们走了差不多四百多米，来到一个分岔路前。三人都完全没了方向。

福格蒂前后张望，困惑地摇摇头。他说："足迹没有了，现在只能猜她逃往哪个方向了。这里有马车经过的痕迹，可能是十五分钟前或一个小时前留下的。马蹄踏过的痕迹已被雪掩盖，我不确定马车往哪个方向去了。我只知道，马蹄印说明那是农民的马车，但我不知道梅里克小姐是上了马车，还是沿着别的小路走了。高跟鞋留下的痕迹已经没了。威尔登先生，你开车往东走几英里，仔细留意路上是否有马车经过的痕迹。这辆马车载着很重的东西，因为轮子在雪里陷得很深。默肖和我往西走。如果你开了很远，觉得方向不对，马上回头追我们。如果两边都没发现，我们再往别的方向找。"亚瑟马上跑回别墅，几分钟内就开车往东边去了。汽车马力十足，在厚厚的雪地里走得很快。

此时，薛丽施太太房间里的人更可怜，因为他们帮不上忙，只能干着急。帕琪和贝丝责备地望着黛安娜，黛安娜难以忍受，全盘托出她参与此事的部分，一五一十地说清她与这起卑劣阴谋的关系。说完之后，她恳求他们的原谅。她痛心疾首地哭起来，约翰轻抚她的头发，安慰她。帕琪则紧紧握住她的手，似乎也在安慰她。

贝丝什么也没说。她从心底里还不能原谅自私的黛安娜。为了夺去他人幸福而策划这样的阴谋，实在无法原谅。贝丝心想，如果露易丝死在可怕的暴风雪中，傲慢的黛安娜·冯·塔尔手上也会沾有血迹，现在还不能放过她。

第二十三章 转机

默肖和福格蒂并肩在雪地里走,脚步沉重又缓慢。凛冽寒风像刀割般迎面吹来,但两人似乎都没理会恶劣的天气。

"仔细看路边,"默肖说,"她可能会晕倒在路边。她走不了很远,可怜的露易丝!"

福格蒂淡淡地问:"默肖先生,你很喜欢她吧?"

"对。所以我才努力要得到她。"

"你错了,先生。要强行或用奸计才得到的女人不值得你为之努力。如果她不在乎你,那最好放弃她。"

"我懂——现在才懂。"

"你是个聪明人,默肖,很聪明。可惜你的才华用错了地方,你会因此事锒铛入狱。"

"无所谓了,生活这场游戏不值得玩下去了。我受够了,越早受罚越好。只要露易丝能安全归来,从此刻起,要我在这寒风中做什么都可以,真的。"

两人沉默不语。福格蒂在沉思,他现在关心更多的,是计划失败绝望的默肖,而不是走失的露易丝。

过了一会儿,福格蒂说:"过去的已经过去了,未来才有更大的可能性。凭你的聪明才智,你以后还是能成为名利双收的上流人士,前提是你能从这趟浑水中全身而退。"

默肖沮丧地说:"可我不能。"

"你不试过怎知不能?但你得在远离纽约的地方去试。去西部吧,忘掉你的过去,换个名字,交新的朋友,开拓一个光明的未来。你行的。"

默肖摇摇头。

他说："你忘了，他们会因这次闹剧要我终生坐牢，他们肯定会这样做，这就是我的结局。"

"那倒不一定。默肖，他们不能起诉你。虽然你已造成了很多的不愉快，但那位姑娘是活着逃跑的，你没有造成实质性的伤害。我倒希望你逃跑，因为我敢肯定，这次经历会让你引以为戒，以后你就不敢耍诡计了。金钱不能收买我，但同情和友情能收买我。如果你答应现在逃走，去揭开人生新一页，你就可以自由了。"

"我能去哪儿？"

"往前一英里有个小镇，我已经能隐约看见它了。你刚才想贿赂我，说明你身上有钱。我是一个人来的，根本没带助手。四名助手什么的，只是吓唬你而已。把我推到雪地上，然后逃走吧。我会告诉威尔登你逃了，也会劝他别再找你，别担心。"

默肖突然停下，感激地用力与福格蒂握手。

"你是个好人，福格蒂，很……很感谢你，但我做不到。首先，找不到露易丝，我不安心，我至少得知道她的生死；其次，我闹得那么荒唐，还输了，就应该承担种下的后果。福格蒂，我……我真的不想重新开始，也不想尝试改头换面，没用的。"

福格蒂没有说话。或许默肖真的绝望到尽头了，但他已尽力挽救这个误入歧途的年轻人，他给了默肖一次机会。但很遗憾，他没有成功。

因为心上人还在危难中，亚瑟几乎不知所措。他的司机听说露易丝逃跑了，对寻找她产生了热切的兴趣，还发挥自己的聪明才智帮助亚瑟。风还刮个不停，幸亏他们的车能在雪中前进，而且大雪很快就变小了，他们也能更好地看清雪地上的情况。

琼斯视力很好，虽然马车经过的印迹有时会断开，但他很快又能重新找回来。他们的车也开得很快。

不久，亚瑟便说："足迹越来清晰了。"

琼斯说："我也这么觉得，先生。"

"看来我们的方向是对的，因为那些印迹证明马车就是朝这方向走的。"

"非常正确，先生。"

车开到比较平坦的路面。他们偶尔能看到远处大门紧闭的农舍，还有路边的雪堆，因此刚刚应该没有马车来过或离开过。看到前面马车凹槽越来越清晰，亚瑟更受鼓舞了。琼斯突然停车，指着前面的车痕，表明马车转弯进了一个农舍院子，亚瑟激动不已。

司机说："就是这儿了，先生。"

"能开进去吗？"

"这里雪很深，先生，但我可以试试。"

天气很冷，雪还没融化。汽车开过，雪地上发出清脆的声音。最后汽车停在一间简陋村舍的大门前。

亚瑟跳下车，看见有个男人轻轻掩上村舍的门，站在台阶上。

那个男人问："先生，你在找一位年轻的小姐吗？"

亚瑟喊道："她在里面吗？"

风嗖嗖刮过，已经盖过所有声响，但男人还是将手指放在唇上，要亚瑟安静点。

"小声点，先生，不要大喊——请进吧。"

两人走进一个厨房一样的地方。那个男人是个上了年纪的农民，领着亚瑟走到前面的房间，再次示意要亚瑟安静点，接着就让他进去了。

薄铁皮做的炉子里烧着火，让这个房间充满温暖，非常舒适。一个温顺的女人坐在窗户旁，低着头做些缝纫活儿。露易丝在她对面的沙发上，身上盖着厚厚的披肩。她睡得很熟，蓬乱的头发披散在脸颊两旁，脸颊被冻得通红。似乎是体力耗尽的缘故，她睡得很沉，双唇微张，呼吸沉稳。

老农民刚才那么神秘，亚瑟还以为最糟糕的情况发生了。见到露易丝的瞬间，亚瑟的心跳得可快了。他轻轻地走到沙发旁，跪在心上人旁边，衷心地感谢老天让她安全出逃。他俯身轻吻一下她的脸颊。

露易丝慢慢睁开双眼，露出天使般微笑，双臂用力地搂住亚瑟的脖子。

露易丝在亚瑟耳边轻声呢喃："我就知道你会来救我，亲爱的。"

第二十四章　如愿以偿的结局

　　露易丝被送回自己家，由她母亲和两位表妹悉心照料，终于从可怕的经历中恢复过来。这时他们才说起绑架的事，她慢慢说出了自己的经历。

　　当知道加害她的默肖就在楼下大厅，她惊惶不已，宁可把命运交给那场暴风雪，也不愿见到默肖。她觉得自己能沿着架子爬下去，后来真的轻松做到了。接着，她跑到房子后面，以防被发现，发现一条小径，就顺着走到了岔路口。天气很冷，但她很激动，又害怕被追上，也就感觉不到寒冷，然后她突然间失去力气，倒在雪地里，再也爬不起来。这时，有个农民和他的妻子驾着马车回镇上。农民跳下车，将她抱进马车里，他的妻子轻轻地用长袍和毯子裹住她，让她枕在自己母亲般温暖的胸怀里。等他们回到农民家里，露易丝已经暖和了许多。可她太疲劳了，只是简单地说自己迷路了，很快就会有人来找她，然后就倒在沙发上，一下子睡过去了。

　　后来亚瑟便找到她。一看到亚瑟的双眼，她就知道噩梦结束了。

　　他们最后没有起诉默肖——福格蒂诚心替默肖求了情。约翰认为，若逮捕了默肖，媒体就会曝光所有事情。因此，报纸上始终没出现与此事相关的字眼。他们要尽可能避免公开此事，否则将招致无数话柄，对谁都无益。起诉默肖也许只能换来复仇的快感，但他们都放弃了复仇。

　　然而，在检察官的办公室里，约翰与默肖好好谈了一通。默肖被允许悄悄离开纽约，追求其他事业，如果他敢回来，或以任何方式打扰梅里克一家，或打扰他表妹黛安娜，他就会马上被捕，按完整的法律程序被起诉。

默肖接受了所有条件，流亡在纽约外，彻底离开了被他深深伤害过的人，离开了他们的生活。

露易丝和亚瑟欢喜重逢，决定将婚礼日期提前，他们恳求说，害怕会再经历痛苦的分离，因此所有人都同意了。

在紧张筹备婚礼的几周里，梅里克太太很激动，迅速恢复精神饱满的状态。她忙着给"纽约最出名的人"寄婚礼邀请卡；她整天为嫁妆操心，忙得焦头烂额，却非常欢喜；还忙着参加娱乐活动，接收各方的祝贺。

社会名流对三位姑娘最近的悲惨遭遇毫不知情，对两位准新人尤为热情。在露易丝的新婚送礼会[1]上，她的女性朋友、帕琪和贝丝送来无数欢庆礼物，还有玻璃制品和瓷器。准新娘家里堆满家庭用品，约翰自豪地说，她都能"开家居装饰百货公司"了。

侄女的婚礼临近，约翰这段时间脾气可好了，也非常高兴。为了让侄女更开心，他在"社交噱头"上可不能落后于人。他花了很多心思，成功举办了多场戏剧晚会和宴会。

婚礼前夕，约翰和道尔少校将亚瑟叫来，三人长谈了一小时，亚瑟无比高兴和感激。之后他去参加自己的"单身汉派对"，做了个精彩演讲，所有人都为他欢呼雀跃。

伴娘当然就是贝丝和帕琪，肯尼斯·福布斯表弟也大老远从埃尔姆赫斯特[2]赶来，做亚瑟的伴郎。举行婚礼的教堂和新房布置华美，没人知道约翰为这些布置、婚礼音乐、宴会和其他婚礼细节花了多少钱。约翰热情地亲自筹备，就当作送侄女的"结婚礼物"。

婚礼结束后，露易丝和亚瑟就开车离开了，开启新生活。约翰慈爱地抱住贝丝和帕琪，脸上带着微笑和泪水，他说："亲爱的，我的侄女真的嫁出去了。我还有两位外甥女。她们还能在我身边待多久呢？"

"噢，舅舅，"务实的帕琪说，"你领带没系好，像挂在脖子上的鞋带！婚礼上不是这样的吧？"

"是的，"少校笑着说，"等你们全都结婚了，我的天呀，可怜的约翰得衣衫褴褛喽，还会让名流人士看到。"

"我们与上流社会还扯不清吗？"约翰焦虑地问，"我们不是受够了吗？麻烦还惹得不够吗？"

贝丝得意地说："总的来说，上流社会是个卓越阶层。与其他人类阶层相比，它当然也有害群之马，却是数量最少的。"

"天啊！"约翰喊道，"你以前对它可是嗤之以鼻。"

贝丝说："那时我还没真正了解它。"

注释：

[1]"新娘送礼会"是美国人的婚庆习俗。很多美国人会在结婚前为准新娘筹备庆祝活动，只有女性朋友可以参加，大家为准新娘送上祝福，送上婚后用得上的礼物。

[2]埃尔姆赫斯特（Elmhurst）是美国伊利诺伊州东北部城市。